Tiara Label

ティアラ文庫

悪役令嬢な私と悪役王子な彼が、極甘ハッピーエンドを掴むまで

月神サキ

プランタン出版

CONTENTS

※本作品の内容はすべてフィクションです。

序　章　嫌われ者の悪役令嬢

──それは、十八歳の誕生日の夜のことだった。

両親に誕生日を祝ってもらい、自室に戻った私は、それまで作ってきた笑顔を一瞬で放棄し、憂鬱な顔でひとりで寝るには広すぎるベッドに倒れ込んだ。

「……信じられない」

私だけしかいない部屋に虚しく声が響く。

頭が軋むように痛かった。

自分の身に起こったことを信じたくない。

だけど、つい先ほど思い出したばかりの記憶が、容赦なくこれは現実なのだと訴えてくる。それを無視することはできなかった。

「私、転生してる……?」

呟いた声は酷く頼りなく、微かに震えていた。

転生。

それは生前の記憶を持ったまま、新たな存在へと生まれ変わること。

言葉自体は教養のひとつとして知ってはいたが、まさか自分が体験する羽目になるとは思わなかった。

しかも、しかもだ。

恐ろしいことに、私がした転生は、普通のものではなかったのだ。

ことは違う、全く別の世界からの転生。

私はどうやら、いわゆる異世界転生というものを果たしていたらしい。

私が前世で生きていたのは、『日本』と呼ばれる国。王侯貴族が当たり前に存在し、専制君主制を敷く今の世界とは全然違う。民主主義を掲げ、科学技術が発達したそこに生きていた私は、ゲームが趣味なだけの、どこにでもいる平凡な女性だった。

そんな私がなんの因果か異世界転生。しかもその転生した世界は、おそらく――。

「……は、はは。まさか、まさかね」

導き出した結論を信じたくなくて、首を横に振る。

あり得ない。妄想に決まっていると何度も思い直そうとしたが、私の立てた仮説は覆らなかった。

「……うう」

このままでは埒が明かない。

ようやくそう自分に言い聞かせることに成功した私は、ない気力を奮い起こし、のろのろとベッドから起き上がった。

いくら考えても答えは出ない。いや、本当は分かっているのだが、認めたくないのだ。頼むから何かの間違いであってくれと祈りながら近くにあった姿見に己の姿を晒す。そこには金髪碧眼の、如何にも気の強そうな美少女が映っていた。

「……ああああああ、やっぱり」

膝から崩れ落ちそうになったが、なんとか堪える。鏡の中にいる美少女がこちらをじっと見つめていた。当たり前だ。自分自身なのだから。

「……」

複雑な気持ちで再度鏡を覗く。

驚くほど長い睫が上を向いていた。ビューラーをしたわけでもないのに、綺麗にカールしている。これが天然物だというのだから感心するしかない。

つり上がった目尻。アーモンド型の大きな目はくっきりとした二重を描いていた。キラキラした碧い瞳は、思わず覗き込んでしまいたくなるほど美しい。ぽってりとした魅惑的な唇は桜色だ。陶器のような滑らかな肌にはくすみひとつなく、自分のことながら感嘆の溜息が漏れるが、今は己の美貌に見惚れている場合ではなかった。

いや、本当に、そんな場合ではない。

「この顔……間違いない。ヴィオラ・ウェッジソーン侯爵令嬢……！　いや、分かっていたけれどもっ！」

鏡の縁に片手を突き、項垂れる。

発狂しなかった自分が偉すぎると思った。

もちろん、己がヴィオラであることは分かっている。これまで十八年、ヴィオラとして生きてきたのだから当然だ。

では、私が何にそんなに驚いたのかと言えば、簡単。

私が立てた仮説が、己の容姿によって証明されてしまったから。これに尽きる。

「……ゲームの世界に転生とか、冗談でしょ」

出た声は我ながら悲壮感に満ちていた。

だが、仕方ないではないか。今の今まで全く気づかなかったけれども、どうやら私は前世でプレイしていたゲームの世界に転生していたらしいのだから。

『ノーブル★ラヴァーズ』

それは貴族社会に生きるヒロインが、各攻略キャラたちと恋愛し、幸せになるのを目的とした恋愛アドベンチャーゲームだ。

ヒロインは攻略キャラたちと一緒に、悪役として配置された令嬢の嫌がらせを回避したり、同じく悪役である王子が起こすクーデターを阻止したりして仲を深めていく。

悪役たちの悪事の証拠を集め、婚約破棄イベントを起こせれば、個別ルートへ。

エンディングは、ハッピーエンドにグッドエンド、バッドエンドにデッドエンドと多岐に及んでいる。

各攻略キャラが人気で大ヒット。コミカライズにゲーム化、アニメ化、舞台化とマルチ展開を果たしたこのゲーム世界にどうやら転生したと気づいた私は、本気で泣きたくなった。

あ、ちなみに登場キャラと世界観がほぼ同じの男性向けR18バージョンの『ノーブル★ラヴァーズ　FOR　MEN』もあるが、こちらはプレイしていないのでどんな内容かまでは知らない。男性向けには興味がなかったからだ。

いや、まあそれはどうでもいい。問題はそこではないからだ。

私が一番まずいと思っているのは、私が転生してしまった存在。

ただのモブ（名前すらない群衆のひとり）であればどれだけ良かったことか。もしそうだったのなら、厄介な世界に転生してしまったけれどもモブだから関係ない。普通に生きていこうで済んだというのに、名前があるどころか、紛うことなきメインキャラクターのひとりだったのである。

それも――。

「……私、よりによって悪役令嬢に転生したの？」

耐えきれなくなり、絨毯の上に両手をつく。絶望しかない状況に、乾いた笑いしか出てこなかった。

悪役令嬢。つまりはゲームにおける敵役のひとりに生まれ変わっていたと分かったのだから、それも当然だろう。

悪役令嬢ヴィオラ・ウェッジソーン。

ゲーム内の彼女は、高慢で、欲しいと思ったものは全部手に入れないと気が済まない我が儘な性格だ。皆から嫌われており、婚約者とも不仲。その婚約者が別の女（ヒロイン）を愛してしまったことで最終的には見限られ、夜会の会場で婚約破棄を告げられるというどこまでも悲惨な末路が待っている。

「……絶対に嫌」

ゲームの流れをざっと思い出し、泣きたくなった。

衆人環視の中、婚約破棄されるなんて、貴族令嬢としてはおしまいだと言っていい。

何もしていないのに、人生が終わった気分になったが、そこでふと気がついた。

「私、ゲームのヴィオラと全然違うよね？」

少なくとも人のものを欲しがりはしていない。私はあまり物欲がないのだ。

高慢……でもないと思いたいが、そこは他人の評価になるのでなんとも言えない。でも、他人に迷惑を掛けるような真似はしていないと言いきれる。そういうことをする人間は最低だという一般常識くらいは持っているからだ。

「うんうん、私、普通に暮らしていただけだもんね。何も悪いことはしていない……けど、ゲームのヴィオラと同じでめちゃくちゃ皆に嫌われているんだよなあ」

見ないようにしていた現実に溜息が出そうだ。

実は、ヴィオラ——私は現在、皆からとてもとても嫌われている。

それは何故かと言えば、事実無根の酷い噂を流されているから。

噂の内容は、私が身分を笠に着てやりたい放題している碌でもない女だというもの。

誰が言い出したのかは分からないが、その噂は数年前から定期的に流され、今ではすっかり定着し、皆から敬遠されてしまっているというわけだった。

もちろん私だって、初めは噂を否定した。だけどいくら否定しても噂は消えず、それどころかより広がる様を見せられれば、心だって折れるというもので。

最近では陰口を叩かれても、黙って耐え忍ぶという日々を送ってきた。

今日だって誕生日だというのに、祝ってくれたのは両親だけ。噂のせいで友人のひとりすらいない私は、内心とても傷ついていたのだが……うん、このくだりだけでもゲームのヴィオラとは別人だと思う。

ゲームのヴィオラは、友人はいなくても取り巻きはいたし。……あれ、取り巻きすらいない私ってもしかしてヴィオラ以下？　……泣きそう。

「……人間関係がヴィオラ以下で、嫌われっぷりは彼女と同等って、何これ、終わってる……」

何もしていないというのに酷い話もあったものだ。いや、もしかして、これが噂の原作の強制力というものだろうか。

日本で生きていた頃、私はライトノベルも愛読していたのだ。その時の流行は、アニメやゲームの世界に転生するというもので、今の私と状況的には同じ。

その主人公たちは、ゲームの世界をなんとかより良い方向に変えようと努力していた。もちろん変えることができてハッピーエンドというものも多くあったが、同時にその転生した世界から圧力が掛かり、変えても変えても元の流れに戻ってしまう……みたいな展開もかなり存在したのだ。

世界からの圧力。改変を阻止する見えない力。それが『原作強制力』というものである。

私が今、何故か皆に嫌われているのもそれのせいかもしれない。

悪役令嬢は悪役らしく嫌われていろという世界の仰せ。ゲームが始まる時間軸には、正しく悪役令嬢として立っていろという話なのだ。

「うわ……それって、破滅が約束されたようなものじゃない……」

少し想像してげっそりした。

ゲームが始まるのは、確か主人公が十九歳の時。悪役令嬢であるヴィオラも彼女と同い年の設定だった。

私は今日、十八歳になったから、つまりはあと一年ほどでゲームが始まるのだ。主人公の誕生日によっては最大二年ほど。

「ゲームが始まるまでに思い出せたのは、ラッキーだったのか不幸だったのか」

いっそ、全てが終わってから思い出しても良かったかもしれない。これから不幸になると分かっている方が辛いからだ。

私がこの記憶を取り戻したのは、両親に誕生日を祝ってもらった席で、父に「お前にも祝ってくれる友人がいればいいのに」と冗談交じりに言われたことが切っ掛けだった。

友人がいないことを地味に気にしていた私は、父の言葉に非常にショックを受けた。

いや、ショックなんて可愛いものではない。脳を揺さぶられるような衝撃だったと表現しても間違いではなかったと思う。それくらい私には嫌な話だったし、言われたくなかった言葉だったのだ。そしてその衝撃のせいで、前世の記憶が蘇ってきたというわけだ。

もう本当に意味が分からない。その場で泣き出さなかった私、偉すぎる。

混乱しながらもなんとかその場を辞し、部屋に戻ってきたのがつい先ほどのこと。

正直、整理が追いついていないことの方が多い状況だが、とりあえずそれは置いておくことにする。

自分が置かれた状況と立場を理解し、これからどう行動するか決めることが最優先だと分かっていたからだ。

「どうしよう……」

途方に暮れつつ、ベッドに戻り、端の方に腰掛けた。じっと手のひらを見つめる。

「ゲーム開始まであと一年から二年……」

それまでに、私は何ができるだろう。

何もしてないにもかかわらず、すでに皆に嫌われている現状。ここから私ができることはあるのか。

「……とりあえず、良い子になってみる？」

今が別に悪い子というわけではないが、積極的に良い子であろうとした覚えもない。

それなら手段のひとつとして、良い子になってみるのも悪くないのではないだろうか。

「頑張って良い子になれば、噂も嘘だったたって思ってもらえるかもしれないし」

そうすれば、悪役令嬢なんて役どころも振られずに済むのではないだろうか。

「うん、うん……そうしよう」

私に残された時間は、ほんの少ししかない。その中でできることなんて限られていて、だからこそすぐにでも行動に移せる『良い子になる』プランを実行するしか道はなかった。

「……悪役なんて絶対に嫌だもの」

そのためには可能な限り、足掻かなくてはならない。

私はそう決意し、とりあえず今日はもう寝てしまおうと、側仕えのメイドを呼んだ。

第一章　嫌われ者の悪役王子

乙女ゲーの世界に転生していると気づいて数ヶ月が過ぎた。

その間、私はできる限り『良い子』であろうと努力した。弱い者には手を差し伸べ、笑顔を絶やさなかった。妙な噂を信じて遠巻きにしている面々には自分から近寄り、あれは事実無根の話なのだと説明して回った。

礼儀正しくあり、両親に対しても、今まで以上に良い子でいるように頑張った。

わざわざ『良い子』として振る舞うのは、決して楽ではなかったが、これは将来の自分のためになることと思い、ひたすら理想と思える淑女を体現し続けたのだ。

だが――。

「ぜんっぜん、効果ないじゃない……！」

ひとりきりの自室。だんっと机を両手で叩く。

年単位で蔓延《はびこ》った噂は、少々の努力程度ではどうにもならなかった。

いや、むしろ『何か企んでいるのか』的な扱いをされてしまい、更に悪名が高まった気さえする。

「私の努力の意味……」

これでは何もしなかった方がマシではないか。

昨日行った夜会では、ついに話し掛けに行っても逃げられるという目に遭ってしまった。

どれだけ私は嫌われているのか。本当に嫌になる。

「はは……ははは……年単位で嫌われているのに、たかが数ヶ月でなんとかしようと考えたのがそもそも愚かだったのよね」

分かっていた、分かっていたのだ。

今更何をしようが無意味だということは。

だけど、このまま何もしないままゲームが始まれば、絶対に後悔すると思ったのだ。

やれることは全部やった。抗ったのだと思いたかった。

そうすれば、ゲームと同じラストを迎えた時、少しくらいは仕方なかったと思えるだろうから。

だが、そんな私の思いすら、世界はブチ壊していく。

冗談交じりで言っていた世界の強制力とやらは強力で、とてもではないけど、私が抵抗したところでどうにかなるものとも思えなかった。

どうあっても世界は私を悪役令嬢に仕立て上げたいらしい。そうとしか思えない。

「……もう、いいかな」

溜息を吐く。

何をしてもしていなくてもますます嫌われていく自分がひどく滑稽だった。

こんな中で頑張っても意味がないことは、この数ヶ月で嫌と言うほど思い知った。

私は、何をどうしたって悪役令嬢にしかなれないのだ。

私が自分の意思で行動できるようになるのなんて、せいぜいゲームが終わったあとからくらいなのだろう。ゲームから退場したあとなら、多分、自由に行動できる。世界は役目の終わったキャラになど、興味がないだろうから。

「……悪役令嬢なんてやりたくないけど」

今もその本音は変わらないけど。

悪役令嬢として登場し、役目を果たして退場する。

そうすれば、そのあとは自分の人生を生きることができる。

婚約破棄された令嬢に幸せが待っているのかは不明だけれど、まあ、なんとかなるのかもしれない。

婚約破棄されたあとのヴィオラは、確か、国外追放されていた。国外追放。つまりは別の国でやり直すことができるのだ。

「……そう、そうだよ。前向きに考えよう」

この国で婚約破棄された令嬢だと笑いものにされ続けて生きるより、よほど良いではないか。人間関係も何もかもリセットされるし、やり直すには最適。

考えれば考えるほど、『とりあえず悪役令嬢としての役目を果たして、そのあとの人生を自分らしく生きる』プランが正解なような気がしてきた。

投げやりになっているのは分かっていたが、世界の強制力を相手にして、私に何かできるとも思えない。ゲームに関わりたくないという思いは封じて、悪役令嬢として一通り役目を果たすしかないのだろう。

「あー……なんか、疲れちゃったな」

前世を思い出してから、数ヶ月。

できることは全部やろうと全力で頑張ってきただけに、その努力が無駄だと分かった途端、当たり前だけどドッと疲れが出てきた。溜息を吐く。

自分の着ているドレスを見下ろした。

ウエストがキュッと引き締まったデザインの明るい青のドレスは上品だが、派手な顔立ちの私にとてもよく似合っている。綺麗に巻いた腰まである髪は、使用人たちの手入れのおかげで、毛先までツルツルだった。

実はこれから登城する予定だったのだ。王宮にいる父に忘れ物を届けに行くという名目で。

帰りくらいにでも誰かに会えれば、噂を否定して回ろうと画策していた。

だけどもうそんなことをする必要はないだろう。私の行動には意味がない。何をしたって『悪役令嬢』という結果は変わらないのだから。

「あーあ、こんなことなら私が行く、なんて言うんじゃなかった」

最初は、母が届けると言っていたのだ。それを王宮に行く理由が欲しかった私がお願いして役目を代わってもらった。そこまでしておいて、やっぱり行くのは止めます、なんて言えるわけがない。せっかく着飾ったのも無駄になってしまうし。

「はあ……面倒だなあ」

気持ち的には、悪役令嬢としてイベントで登場するまでの間、屋敷に引き籠もり続けていたいところだが、今日ばかりは行かなければならないだろう。

「代わってもらわなければ良かった」

とりあえず愚痴を言うだけ言って、部屋を出る。

◇◇◇

父に忘れ物を届けたら、すぐさま屋敷に帰ってこようと決意した。

「任務完了っと」

特に問題なく、父に忘れ物を届けることができた。

あとは屋敷に戻るだけ。私を嫌っている人たちに会わずに王宮を出ることができればいいなと思いながら、私はひとりで廊下を歩いていた。

先導する兵士はいない。私はよく登城しているし、父が王宮で仕事をしている関係もあって、身元は知られている。ひとりで馬車のところまで戻れるから来てくれなくてもいいと言えば、それ以上は引き留められなかった。

……もしかしたら私のことが嫌いすぎて、一緒にいたくなかっただけかもしれないが。止めておこう。考えると憂鬱な気持ちになってくる。

「あー、やだやだ」

後ろ向きなことなど考えたくないのに、マイナス要素が多すぎてすぐに気持ちが下がっていく。こんな自分は嫌いだ。さっさと気分を切り替えられたらいいのに、なかなか思う通りにはいかない。

自分の感情なのに自分で制御できないのが嫌すぎる。

「ん？」

進行方向。視線の先に、ひとりの男性が立っていた。

肩まである真っ直ぐな銀髪に自然と視線が行く。白髪と見間違えそうだが、キラキラとした輝きは夜空に光る星のようで、銀色と呼ぶのが相応しい。

俯いているせいで表情は分からないが、かなりの長身、そして細身だった。ガリガリと言っていいかもしれない。だが、とても仕立ての良い服を着ていることから、彼が相当高い身分であることが分かる。膝丈のジュストコールは黒。刺繍や飾りなどは殆どなくシンプルな形だ。なんというか、物足りない。あと、クラヴァットをちょうちょ結びにしているのが気になった。如何にも適当にしていますという感じだったからだ。

生地は良いのにちぐはぐと言おうか、首を傾げたくなってしまう。

その彼にはどことなく影があり、暗い雰囲気が全身から滲み出ていた。

少し猫背になっている。それがまるで自分に自信がないように見えた。

「……」

なんとなくその男から目が離せない。立ち止まった私に気づいたのか、彼が顔を上げこちらを見た。

「……あ」

長い前髪の隙間から見えた光に、視線が釘付けになった。赤い瞳。深い赤色には透明感があり、質の良い宝石を思わせる。彼自身、ガラス細工のような繊細な顔立ちで、ハッとするほどに美しかった。だが、どこか厭世的で、現世の人のようには思えない。

そんな儚い美貌を誇る男が誰なのか、もちろん私は知っていた。

――うわ、アルバートだ。

前世でプレイしたゲームを思い出す。

アルバート・ウィロー。

彼はこの国――ウィロー王国の第一王子だ。だが、身寄りのない下級貴族の愛妾が産んだ子ということで、王太子としては認められていない。彼自身、王宮の奥深くに引き籠もり、殆ど外には出てこないので、あまり皆には知られていない王子でもあった。

何故、そんなことになっているのか。

彼は、義母にあたる王妃に酷く疎まれているのだ。

王妃の実家にあたる公爵家は力が強く、国王ですらおいそれとは手を出せない。そのため皆、王妃の意向を気にするようになり、愛妾の子であるアルバートを遠巻きにしているのだ。

王妃には、彼女の産んだ第二王子がいる。己の息子を王位に就かせたいと考えている彼女にとって、第一王子であるアルバートは邪魔者以外の何ものでもない。

彼の母親である愛妾はアルバートを産むと同時に亡くなっている。つまり彼には頼れるような人物がいないのだ。そんな彼に王妃は、彼は王太子に相応しくない、こんなみっともない王子は外に出せないと難癖を付け、いっそ軟禁とも言える状態を作り上げているのだった。

そしてこの王子こそが、ゲームにおけるもうひとりの悪役。

自分の置かれている環境に耐えかねてクーデターを起こすも、主人公たちに阻止され、最後は処刑されてしまうという運命を持つ『悪役王子』。ある意味、私のお仲間と言っていい存在だった。

——お仲間かあ。

視線を逸らさず、彼を見つめる。

何も悪いことはしていない王子。それなのに生まれのせいで皆に嫌われ、遠巻きにされ続けた彼は、どうにか現状を脱したい思いから、失敗すると分かっているクーデターの誘いに乗る。

そう、彼は破滅すると分かっていながら、その道を選ぶのだ。そして最後は満足して死んでいく。ようやく、自由になれたと呟いて。

——辛い。でも気持ちは分かる。

彼と自分が同じ立場にいる仲間だと気づいてしまえば、同情にも似た気持ちが湧き上がってくる。同病相憐れむという言葉があるが、まさにそれだ。

言うなれば、『あなたも悪役なんだね。私もだよ。お互い大変だね』みたいな感じだ。

彼も私と同じ。

理不尽に皆に嫌われているのだ。皆から嫌われる辛さは身に染みて知っている。仲間を見つけて嬉しくなった私は、彼と視線を合わせたまま、そろそろと近づいていった。

「え……」

まさか私が来るとは思わなかったのだろう。アルバートは目に見えて動揺した。どう行動すればいいのか分からないのか、逃げこそしないが腰が退けている。

「ごきげんよう」

「っ！」

目の前に立ち、声を掛ける。令嬢らしく挨拶をすると、彼は大きく目を見張った。

「初めまして。私はヴィオラ・ウェッジソーン。ウェッジソーン侯爵の娘です」

まずは自己紹介だと思い、名前を告げた。アルバートはほぼ引き籠もりの王子だ。そんな彼が貴族の名前なんて知る機会もないだろうと思ったからだ。

私が名乗ると彼は私から目を逸らし、気まずそうに地面を見た。そうしてボソボソと言う。

「……どうしていきなり話し掛けてきた。オレのことなど何も知らないくせに」

「え？　アルバート殿下、ですよね？」

知っているという意味で名前を呼ぶと、彼はハッとしたように顔を上げた。だが、私と目が合うと、また慌てて視線を伏せてしまう。その仕草がなんとも言えず色っぽかった。

「……オレを、知っているのか」

「ええ、もちろん。ウィロー王国の第一王子であるアルバート殿下を知らないなんてこと、あるわけがありません」

厄介者扱いされてはいるが、第一王子としてその存在はきちんと国民に周知されている。表に殆ど出なくても侯爵家の令嬢なら、第一王子の名前を知らない方がおかしいくらいだ。

私の言葉を聞いたアルバートは、苦々しげに顔を歪めた。

「……はっ、第一王子、ね。『嫌われ者で厄介者の』第一王子、の間違いだろう」

「……」

吐き捨てるように言うアルバートを見つめる。

やはりゲームの設定と同じで、彼は周囲から嫌われているようだ。

苦々しい表情を見るに、きっと彼も現状を打破しようと色々と努力したのだろう。それなのに何も変わらなかった。ああ、その気持ちは嫌と言うほどよく分かる。

だからこそ、思わず言ってしまった。

「……嫌われ者というのなら、私も同じです」

「え？」

今度こそアルバートが顔を上げる。綺麗な赤い瞳が私を見つめていた。この赤は、ウィロー国の初代国王と同じもの。

本来ならめでたいはずのこの赤目を、彼の義母である王妃は気持ち悪いと断じ、周囲もそれに倣った。容姿を非難された彼は前髪を伸ばし、できるだけ目を隠すようになったという設定があることを、今、彼を見ていて思い出した。

うん、私も大概可哀想だと思っていたけど、彼の方がもっと酷い。

というか、彼は何も悪いことをしていないのに、生まれた時から皆に嫌われ、最後はクーデターの首謀者として処刑されるとか、私以上だ。

——なんて可哀想な人なんだろう。

自分よりも可哀想な人を見ると、優しくしたくなるというのを聞いたことがあるが、まさに今私はそんな気分になっていた。

「私も、殿下と同じ。皆から嫌われているんです。変な噂が出回っていて……デマだというくら説明しても誰も信じてくれなくて……」

ははは と乾いた声で笑いながら告げると、アルバートは何かを思い出したような顔をして、眉を中央に寄せた。

「……ん？　待て。お前、先ほどヴィオラ・ウェッジソーンと名乗ったな？　お前、もしかして、あのヴィオラか？」

不審そうに尋ねられる。

なんと、私の悪名は嫌われ者の引き籠もり王子の元にまで届いていたようだ。吃驚《びっくり》である。

「えーと……あのヴィオラというのが、どのヴィオラを指すのかは分かりませんけど」

「我が儘放題のお嬢様で、皆、辟易していると聞いた。プライドが馬鹿みたいに高く、始末に負えないから近づかない方がいい、とも」

「ああ、それ、間違いなく私のことですね」

アルバートの答えを聞いて溜息が出た。

「すごい噂でしょう？　それが私だって言うんですよ？　さすがにちょっと酷すぎると思いませんか？　まあ、今更だし、別にって感じですけど」

何故か奇妙なものを見るような目で見られた。

「お前……どうして笑っていられるんだ。……オレはよくは知らないが、お前の話だと、あの噂は事実無根なのだろう？　違うなら違うと、もっと強く否定するべきではないのか？」

「私、疲れてしまったんです。いくら噂を否定しても、誰も信じてくれないんですから。違うって訴えることすらどうでもよくなってしまいました。だからもういいんです」

もう一度笑い、俯く。我ながら枯れ果てた答えだ。だが何故かその言葉に同意が返ってきた。

「……分かる」

「え」

顔を上げた。アルバートが複雑そうな顔をして私を見ている。

「疲れたという言葉だ。オレも皆から必要のない王子だと散々言われて。それでも自分を見て欲しいとアピールすることに疲れてしまった。要らないと言うのなら、もうそれでいい。最近ではそう思い始めているんだ……」

「……」

彼の放った言葉に目を見開いた。

吃驚した。まさかここまで同じだとは思わなかった。彼の言葉全てに共感ができる。私たちは同じ悩みを抱えていて、そうして抗うことに心底疲れ果ててしまっている。

アルバートが薄く笑った。

「今、少し話しただけでも分かった。お前は確かに噂とは全く違う女のようだ」

「殿下？」

「あらぬ噂に振り回され、傷つけられている。同じ嫌われ者かもしれないが、オレとはまた種類が違うだろう。オレは、オレという存在自体が忌み嫌われているのだから。オレとは違う」

そう告げる彼に、私は首を横に振った。

「理解することすら拒否されているという意味では同じですよ。門前払いって結構キツいんですよね」

「そうだな。ああ、分かる。分かるとも」

力強く同意されてしまった。なんてことだ。全く嬉しくない。だけど、同じ苦しみを味わっている理解者を得られたことだけは良かったなと思った。

ゲームにおけるもうひとりの悪役アルバートと、予想もしないところで遭遇してしまったわけだが、まあこういうこともあるのだろう。

特に理由があってアルバートに話し掛けたわけではなかったし、不用意に目立ちたくないという思いもある。いい加減、屋敷に帰ろうと思った私は彼に向かって頭を下げた。

「貴重なお時間をちょうだい致しました。それでは私はこれで失礼させていただきます」

思いのほか長居してしまった。母も心配しているだろう。いとまごいをし、踵を返すと……何故か腕を摑まれた。

「待て」

「え……」

どうしてアルバートに引き留められているのか。

全く理解できない私を彼は自分の方に引き寄せた。

「ちょ……あの、殿下？」

長身の彼を見上げる。逆にアルバートは私を見下ろしていた。そうして真顔で尋ねてくる。

「……お前はもう、ここには来ないのか？」

「え？　は、はい。理由がありませんし」

「……」

じっと見つめられる。何故か非難されている気持ちになった。

「えっと……殿下？」

「……オレに会いに来い」

「は？」

一瞬、頭が真っ白になった。目を瞬かせる私にアルバートがもう一度言う。

「聞こえなかったのか。オレに会いに来いと言った」

「え……どうして」

反射で首を傾げる。アルバートが私の腕を握る力を強めた。……地味に痛い。

「殿下」

「……オレに普通に話し掛けてきた者はお前が初めてだったんだ。皆、オレから視線を逸らして、腫れ物のように扱う。……オレは、お前ともっと話したい」

「……ああ」

アルバートの言い分を聞き、なるほどと思った。

王妃の不興を買いたくない王宮の使用人たちは、彼との接触をできるだけ避けているのだろう。話し掛けても無視されるか適当にいなされる生活。そんな中、普通に話し掛けてきた私。……うん、興味を引かれても当然だと思う。

でも。

「殿下の友人として私は相応しくないと思いますよ？　何せ私は殿下のお耳にまで届くような悪名高き女ですから」

「実際のお前は違うのだろう？　それなら気にしない。それにオレは元々皆から遠巻きにされているような王子だからな。今更、悪女と仲良くしていると叩かれたところで痛くもかゆくもない」

こちらの頭が痛くなるようなことをキッパリと言い、私を見つめてくるアルバート。その顔は、初めて得た理解者を絶対に逃がしてなるものかと言っているように見えた。私を掴む手の力もますます強くなっているように思える。

——ああ、うん。これは、断れないやつだわ。

アルバートの本気を理解した私は、あっさりと白旗を上げた。

「分かりました。ではまた、殿下とお話させていただけますか？」

「っ！　本当か!?」

アルバートがぐいっと顔を近づけてくる。私は彼から顔を背けながらも頷いた。

「はい。殿下が私で良いとおっしゃるのならお付き合いさせていただきます。この通り、悪名ばかりが付き纏う身。当然、友人と呼べるような者もおりません。時間だけはたっぷりとありますから」

自分で自分を貶めてどうすると思いつつも真実を告げると、アルバートからはまたもや同意の声が返ってきた。

「分かる。オレも心を許せる友人などいない。信じられるのは、昔からの使用人くらいなものだ。大体、オレと知り合ったところで百害あって一利なしだからな」

「殿下……」

百害あって一利なしというのなら、私をその友人に加えようとしないでもらえないだろうか。

とはいえ、私もこれ以上評判が下がりようのない身。そういう意味ではアルバートの友人としてはちょうどいいのかもしれない。

まさか悪役王子と親交を深めることになるとは思わなかったが、これもまた運命。

「ふふ、分かりました。では、また近いうち、お邪魔させていただきますね」

「明日だ。明日、来い」

「え」

――明日？

ぎょっとする私に、アルバートはふんと鼻で笑う。なんというか、こういう態度は非常に王族らしい気がする。偉そうなのが様になっているというか、それが当然というか、やはり第一王子というだけのことはあるのだ。そしてダウナーな雰囲気を持つアルバートがやると、妙に色っぽくなる。

思わず見惚れていると、アルバートは口を尖らせて言った。

「近いうち、なんて言って、どうせそのまま来ないつもりだろう。それくらいオレにも分かる。鉄は熱いうちに打てと言う。明日だ。明日の朝、朝食を済ませたら、すぐ来い」

「いえあの……さすがにそれは」

疑う気持ちも分かるが、いきなり明日来いはないと思う。困っていると、アルバートがじっと私を見つめてきた。

美しい赤い瞳に困惑顔の私が映っている。睫の数すら数えられそうな距離感にドキドキした。

美形のドアップは心臓に悪い。勝手に顔が赤くなっていく。

「……え、ええとですね。さすがに明日いきなりというのはちょっと。この件については、持ち帰って検討したいなと思うのですよ」

ドギマギしながらもなんとか答える。アルバートは形の良い眉を中央に寄せた。

「検討？」

「ええ、検討です。王宮に行くとなれば両親にも事情を説明しないといけませんし、私にも色々とやることはあるんです」

今日だって、私はきちんと親の許可を取ってここに来ているのである。無断で王宮に来ることはできないし、王子と会うと言うのなら、その関係者辺りにも話を通しておかなければならないのだ。

そういうことを順を追って説明すると、アルバートはなんだそんなことかと言わんばかりに笑い飛ばした。

「真面目なことだな。だがその検討は無意味だぞ」

「無意味。どうしてですか？」

本気で分からなかったので首を傾げると、アルバートが嫌そうに手をヒラヒラと振った。

「オレに会いたい、などと正直に言って、その申請が通ると本気で思っているのか？　オレの名前が出た時点で握り潰されるだけだ。それくらい分かるだろう」

「……あ」

アルバートがどういう扱いを受けているのか失念していた。

確かに彼の言う通り、その可能性は高そうだ。

「何せオレは嫌われ者だからな。……だから、無駄なことはしなくていい。とりあえず王宮に来ればこちらから迎えに行ってやる。分かったな?」

ずずいっと顔を近づけられた。最初に見た時は、中性的で繊細な顔立ちだなと思っていたが、表情が入ると大分印象が変わる。

よく見ると、目尻もつり上がっているし、睨み付けてくるその顔は完全に雄だ。

「ヴィオラ。返事は?」

思わず見惚れていると、焦れたアルバートが答えを要求してきた。

なんと答えるべきか。少し考え、結論が出た私はゆっくりと口を開いた。

「前言撤回していいですか? そこまでして来る必要もないかなと思い直しましたので——」

「来るよな?」

「……わあ」

最後まで言わせてもらえなかった。

頷きたくない私に、分かりやすくアルバートが圧力を掛けてくる。どうあっても明日、来させるつもりらしい。

「く、る、よ、な?」

ひとつひとつの言葉に重みがあってとても怖い。

これが悪役王子か、なるほどなと頷いてしまうような迫力だった。……というか、頷いた。だって怖かったのだ。仕方ないではないか。

「ハイ、喜んで」

「よし」

満足げに笑い、アルバートが離れる。

私はといえば、己の発言に頭を抱えたくなっていた。

なんということか。つい勢いに負けて王宮に行くことを了承してしまった。

だけど——。

——ま、いいかな。

ニコニコしているアルバートを見ていたらどうでもよくなった。それに、実を言えば私も嬉しかったし。

アルバートは知らないだろうが、同じ悪役に振られた者同士。分かり合えることも多いと思う。それに、友人のひとりもいない私には、こうして普通に話してくれる人がいるというのは有り難かったのだ。

「ええと、じゃあ、明日はよろしくお願いします」

ぺこりと頭を下げる。

「ああ、待っているぞ、ヴィオラ」

名前を呼ばれ、頷く。

明日の約束。

皆に敬遠されている王子に会いに行くなんて、自分で面倒事を引き寄せるようなものと分かってはいたが、私はそんなことよりも、初めて他人とした『次の約束』の方に心が躍っていた。

◇◇◇

アルバートと知り合って、少し月日が過ぎた。

最初はどうなるものかと思っていたが、意外にも彼との付き合いは誰にも知られることがなかった。

朝、王宮に上がってウロウロしていると、さっとアルバートがやってきて、本館から離れた場所にある離宮へと連れていってくれるのだ。

王妃のせいで皆から疎まれているアルバートは、離宮で信頼できるゼインという名前の男性使用人をひとりだけ置いて生活している。

仮にも王子なので食事や服装はそれなりに相応しいものが支給されるし、教育は必要ということで最低限の家庭教師も派遣されるが、本館から呼ばれることはほぼないし、皆から嫌がられているのを知っている彼は、自身のテリトリーから出ることは殆どないという話だった。

「でも、あの日は本館の方にいたよね」

使用人が淹れてくれたお茶を飲みながら、指摘する。

今日は天気が良いので、離宮の庭でお茶をしようという話になったのだ。

少し古ぼけた木製のテーブルを囲んでのふたりだけのお茶会。あれから彼の望みで二日に一回というペースで登城するようになった私は、すっかりアルバートと親しくなり、友人と呼べる関係を築き上げていた。

何せ朝登城してから夕方帰るまでの間、ずっとふたりきりで過ごすのだ。最初はぎこちなくてもこれだけ長い時間一緒にいれば、自然と距離は縮まっていく。

アルバートは私が敬語や貴族令嬢特有の気取った口調で話すことを酷く嫌がり、ついでに呼び捨てで呼んで欲しいと強請った。

なんでも距離を感じて辛くなるのだそうだ。

義母や使用人たちが冷たい目をしながら話していたのを思い出してしまう……なんて悲しそうな顔で言われれば、嫌だなんて言えるはずもない。

私だって、令嬢たちに『あれがあの有名な悪女よ。近づいては駄目』みたいな目で見られるのはキツかったしかなりのトラウマになっている。

気持ちが分かるだけに強くは出られず、ふたりきりの時だけという条件を付けさせてもらいはしたが、彼の望むように振る舞っているというわけだった。

初めて彼に会った時のことを話すと、アルバートは納得したように頷いた。

「あの日か？　あの日はオレの誕生日だったんだ。それで本館に来ていた。一年に一回。誕生日だけが、オレが父上に会える唯一の日なんだ」

「えっ……」

思っていた百倍くらい重い答えが返ってきた。

「唯一会える日？」

思わず問い返すと、アルバートは優雅な仕草で紅茶を飲みながら肯定した。

こういうところは王子なんだなと感心してしまう。ひとつひとつの動きが上品なのだ。

アルバートは今日も生地だけは上質な、素っ気ない上衣を着ている。クラヴァットは珍しくきちんと結んでいた。彼のその日の気分によって結び方が変わるのだ。最初に会った時のようにちょうちょ結びにしたり、いっそ着けなかったり、今日みたいにしっかり結んでみたり。多分これは、アルバートの小さな抵抗なのだと最近気がついた。

ちなみに機嫌が悪い時ほど適当になる。つまり今日は上機嫌なのだ。

そんな上機嫌な彼は私の質問に答えるべく、紅茶のカップを置いてから口を開いた。

「ああ。義母上《ははうえ》はオレのことがお嫌いだからな。この赤い目が特に気に入らないらしく、万が一でもオレと王宮内で鉢合わせしたくないのだとか」

「……酷い。すごく綺麗な赤色なのに。私はアルバートの目、好きだよ。まるで宝石みたいにキラキラしてる」

「そんなことを言ってくれるのは、お前と父上くらいだ。……父上曰く、初代国王も赤目だったそうで、本当ならめでたいことらしいのだがな。義母上が気持ち悪いとおっしゃる内は、この赤目は嫌われ者の代名詞だろう。オレも誇らしいとはとてもではないが思えない」

本気で嫌そうに顔を歪めるアルバートを見ていると、悲しい気持ちになってくる。

それをなんとか吹き飛ばしたくて、私は彼に主張した。

「誰がなんと言おうと、アルバートの目は綺麗だから。あなたのことを好きではない王妃様の言うことではなく、あなたの友人である私の言葉を信じてよ」

語気を強めて告げる。アルバートはその美しい赤い目を見開き、私を見た。

「……ヴィオラ」

「何よ。私、何かおかしなことを言った？」

私としては当然のことを要求したつもりである。ムッとしつつも彼を見ると、アルバートは緩く首を左右に振った。

「……いや、そうだな。オレも義母上の評価より、お前の言葉を信じたい」

「信じたいじゃなくて、信じるの。大体、私だけでなく、国王陛下も好きだって言って下さっているんでしょ。私と国王陛下。どう考えたって、アルバートが信じるべきはこっちでしょう」

断言するとアルバートは酷く嬉しそうに笑った。

「ああ……全くもってお前の言う通りだな。父上もオレを思って下さっている。先ほどの誕生日の話だが、あれは父上が尽力して下さったおかげなんだ。義母上と交渉して下さった結果、一年に一回だけ、なんとか本館で父上と会えるようになった」

「へえ……」

国王はアルバートを息子としてきちんと見ている。それが分かる話だった。

「父上はいつもオレなんかに『申し訳ない』と言って下さる。何も役に立てない嫌われ者のオレに……」

薄く笑みを浮かべながら言うアルバートを凝視する。

「弟のエイリークもオレを気に掛けてくれている。こんなオレを兄と慕ってくれるんだ。だが、義母上がな……」

エイリーク——王妃の産んだ第二王子の名前を出し、アルバートが溜息を吐く。

「オレと仲良くしているのが気に入らないようで、エイリークと話すと、必ずそのあとは食事を抜かれてしまうんだ。毒が入っていたこともあったな。さすがに毒を盛られるのは堪らないので、弟には悪いが、それ以降口を利かないよう注意しているし、食事は全てゼインに作らせることにした。食事は生命線だ。もっと早くこうすれば良かった」

「……ひえ」

恐怖のあまり震え上がった。

義理の息子に容赦なく毒を盛る王妃が恐ろしすぎる。

しかし、アルバートと仲良くなって分かったが、彼は原作ゲームで描かれているより酷い目に遭っているようだった。

いや、ゲームでは表面的なものしか見えないから、これこそが彼の真実だったのかもしれない。

とにかく聞けば聞くほど、ドン引きするような案件しか出てこない。こんな目に遭い続けていれば、そりゃあ失敗すると分かっていたってクーデターのひとつも起こしたくなるというものだろう。

だが彼のその必死の行動も、ヒロインがヒーローと結ばれるためのイベントとなってしまうのだ。

私の婚約破棄イベントと同じ。それが酷く恐ろしいことのように思える。

――怖いなあ。

確実に近づいてくる運命の日。それがいつなのかはっきりとは分からないが、遠い未来でないことだけは確かだ。

ゲームが始まるのはおそらく私に婚約者ができてすぐくらい。それは何故かと言えば、私の婚約者がヒロインの相手になるからだ。

何せ私が起こされるのは『婚約破棄イベント』。婚約破棄をするには婚約者がいなくてはいけない。道理である。

幸いなことにまだ私には婚約者がいない。だからゲームはまだ始まっていないと確信できるのだが……どちらにせよ憂鬱なことに違いはなかった。

私が唯一、平穏を感じられるのは、友人となったアルバートと一緒にいる時くらい。まあ、その彼も、時折深すぎる闇を見せてくるので要注意といえば要注意なのだが、それでも初めてできた友人と過ごす時間を私はとても大切にしていた。

「毒なんて怖いね……。私も色々な人に陰口を叩かれて辛かったけど、毒を盛られたりとか殴られたりとか、そういう直接的な被害はなかったから……ねえ、アルバートは大丈夫だったの？」

毒の話を聞き、恐ろしさに息を吐く。

私の質問にアルバートは頷いた。

「ああ、大丈夫だ。三日三晩生死の境を彷徨ったが、なんとか回復した。いや、あの時はさすがに死ぬかと思ったな」

「……全然大丈夫じゃないよね、それ」

「回復したんだから問題ないだろう。それより、ヴィオラ。お前の方こそ大丈夫か？　陰口を叩かれたりするのは精神に来るだろう。大分辛かったのではないのか？」

「それこそ慣れたし、アルバートの話を聞くと、私が受けていた仕打ちってたいしたことないなって思うようになっちゃったから」

嘘ではない。

確かに最初はキツかった。いや、今でも無視されたりするのはキツいなと思っている。だけどアルバートが受けた被害を聞けば聞くほど、私って実は大袈裟に騒いでいただけなのでは？　と思ってしまうのだ。

だが、アルバートは否定するように首を横に振った。

「いや、それはないだろう。ヴィオラ、辛さというものは人それぞれ違うし、我慢できる容量も違う。たとえば悪口ひとつで死にたくなるほどのショックを受ける者もいれば、いくら虐げられてもあまり気にならない者もいる。ダメージを受けた本人が辛いと思えば、それは辛いで正しいんだ。辛さに優劣はない」

「アルバート……」

言われた言葉を聞き、目を見開く。アルバートは優しげに微笑んでいた。

それが、辛いのを認めてもいいんだと言われているように見え、自然と首を縦に振ってしまう。

「……うん、そうだね」

「オレも辛かったが、お前も辛かった。オレたちは同じ痛みを抱いている。そうだろう？」

その通りだ。

辛さに優劣はない。彼の言った言葉がやけに胸に染みた。

アルバートが立ち上がり私の側にやってくる。そっと頭を撫でられた。

「今のオレにはヴィオラ、お前がいる。同じ痛みを知るお前が。お前がここにいることでオレはすごく救われているんだ」

彼の顔を見上げる。銀色の髪が太陽に煌めいていた。陽光を浴びた彼は美しく、どうしてこんな素敵な人が、皆から遠巻きにされなくてはならないのかと世の理不尽さに憤ってしまう。

彼が悪役王子になるなんて信じられないし、信じたくない。

アルバートは、ちょっと強引なところもあるけれど、人を思い遣ることができる優しい人なのに。

その思いが言葉に滲み出る。

「私も。私もアルバートと知り合えて良かったって思ってる。アルバートは優しい人だよ」

少しでも私の気持ちが伝わるように、心を込めて告げる。私が、彼を大事に思っていることを分かってくれたらいいなと思った。

「ありがとう」

アルバートが嬉しげに目を細める。

私たちのしていることは、ただの傷の舐め合いだ。他に話せる者がいないから、辛い者同士寄り添って互いの傷を誤魔化しているだけ。なんの解決にもならないと分かっている。だけどそれで救われるものも確かにあるから。

「こうして、ふたりでお茶をするくらい、構わないよね」

「当たり前だ。大事な時間を奪われてたまるか」

くしゃりと髪をかき混ぜられる。せっかく綺麗に髪を結っているのにそんなことをされると台無しだ。

「ちょっと、アルバート……止めてよね」

「お前はどんな髪型でも似合う。少々崩れたところで気にする必要はないだろう」

「いや、気にするって。ああもう、ゼイン、悪いけど手鏡を持ってきてくれる？」

「かしこまりました」

側に控えていたアルバートの使用人にお願いする。

アルバートが唯一信頼し、側に置いている彼は、私たちより十歳くらい年上で、アルバートが幼い頃から側で仕えていると聞いている。

紺色の髪に黒い目。それなりに整った見目をしており、王宮から支給された黒のお仕着せがとても似合っている。働き者で、いつもにこにこ笑っている印象。多分、貴族階級出身なのだろうなと思うが、深い話は聞いていない。

彼とはアルバートと仲良くなるうちに、そこそこ親しくなった。こうして簡単なお願いなら聞いてもらえるくらいに。

ゼインが離宮の中に消えたのを確認し、アルバートが呟く。

「さっきの話の続きだが、一応言っておく。もしお前とのこの時間を奪われることがあれば、オレはどうするか本気で分からないぞ」

「へ？」

アルバートを見る。彼はゼインが入っていった離宮を見つめていた。

「オレはお前に話し掛けられたあの時、本気でギリギリだったんだ。それがお前という理解者を得て持ち直した。今、オレが笑っていられるのはお前がいるから。本当にそのおかげなんだ。だからヴィオラ。お前もそれを忘れないで欲しい」

「……アルバート」

「オレにはお前が必要なんだ」

ハッとするほど真剣な声に、何も返せない。

大袈裟だよとか、それはただ傷を舐め合っているだけとか言いたいのに言えなくて、私はただ、小さく首を縦に振ることで答えた。

第二章　さようならと婚約者

「アルバート！　……あれ、今日はまだ来ていないのかな」

あれからまた少し時間が経った。

私は相変わらずアルバートの元に通い、お茶をしたり話したり、散歩をしたりと、普通の友人同士がすることを楽しんでいた。

二日に一回という高頻度で登城する娘のことを当初両親は不思議がっていたが、ある時から何も言わなくなった。

はっきり聞いたわけではないが、どうやら王宮に上がっている父がこっそり私の後をつけていたらしい。それで私が誰と会っているのか知ったようだ。まさか父がそのようなことをするとは思わなかったので驚きだが、よほど不審な行動を取る娘のことが心配だったのだろう。誰にも知られていないと高を括っていた己が恥ずかしい。

両親はひとりの友人もいない私のことを哀れんでいた。だからか、相手が嫌われ者の第一王子だと分かっても、目を瞑るという選択をしてくれた。娘が第一王子と会っているなんて周囲に知られたら、両親もただでは済まないだろうに、私のためだと何も言わないでくれたのだ。それがすごく有り難かった。

確かに私は皆から嫌われてしまっているし、未来は悪役令嬢になるしかないのかもしれないが、両親には愛されている。それが分かっただけでも嬉しかったし、力になった。

そういうわけで、何も言いはしないが両親公認でアルバートに会いに来ることができている私は、今朝も堂々と登城し、アルバートの登場を待ったのだが――。

「あれ？」

いつもなら、王宮に着けばすぐにアルバートが現れて離宮に連れていってくれるのに、今日はいつまで待っても出てこない。よく隠れている場所も確認してみたが彼の姿は見えず、今まで一度もこんなことがなかった私は途方に暮れてしまった。

「ええ……どうしよう」

ずっと王宮の廊下でウロウロしているわけにもいかない。

かと言って、迎えに来なかったからと勝手に帰ればアルバートはきっと怒るだろう。親しくなった相手には遠慮がなくなるというか、我が儘なところがあるのだ。そういう男だと知っている。

困りきった私は、仕方なくひとりで離宮へ向かうことを決めた。

これまでに何度となく離宮には行っているのだ。いい加減道くらい覚えたし、アルバートがいなくてもなんとか辿り着けるだろう。それにもし彼が遅れているだけなら、向かっている途中で合流できると踏んだのだ。

「アルバート、どうしたんだろう」

彼が来なかったことを不思議に思いながら離宮を目指す。どこかで合流できると思っていたが、その見込みは甘かったようで、アルバートに会えないまま目的地に辿り着いてしまった。

「ええ？　いよいよおかしいな……」

私が到着する前から待っているのがアルバートという男なのだ。それが離宮まで来ても姿を見せない。

ここに来て私はようやく、彼の身に何かあったのではと思い始めた。

一昨日会った時、彼の態度におかしなところはなかった。ということは、別れてから今までの間に何かあったと考えるのが自然だ。

たとえばだけど――風邪を引いた、とか。

「ありそう」

可能性としては一番高そうだ。何故なら離宮は風通しがすこぶる良く、夜はかなり冷えるという話を彼から聞いていたからだ。体調を崩し、風邪を引いた。だから迎えに来られなかったというのなら納得だし、それなら見舞いでもしていこう。黙って帰るとほら……あとでうるさそうだし。

「……アルバート？」

入口の扉を開け、中に入る。個人部屋は別らしいが、離宮自体は鍵が掛かっていない。不用心極まりないと思うのだが、誰も来ないから心配ないとアルバートは笑っていた。そのことを思い出し、渋い顔をしながら中に進む。

「ゼイン？」

この離宮唯一の使用人であるゼインが慌てた様子で部屋から出てくるのを見つけた。声を掛けると、彼も私に気づいたのか動きを止める。

「あ、ヴィオラ様……良かった、今お出迎えに向かおうかと」

「そんなことよりゼイン、アルバートは？　どうして彼は今日、来なかったの？」

「それは……」

ゼインが苦い顔をし、目を伏せる。その様子からアルバートに何かあったと察した私は、彼に詰め寄った。

「もしかしてアルバート、風邪でも引いた？　確かに彼は細身だし、あまり食べているようにも見えなかったけど……。最近夜は寒いから冷えたのかしら」

「い、いえ……そういうわけではなく……実は――」

しどろもどろになりながらゼインが説明する。

どんな気まぐれかは知らないが、どうやら昨日、王妃がこの離宮に訪れたらしい。そうして好き放題アルバートを罵り、出ていったのだとか。それから彼は自室に引き籠もり、一度も部屋から出てこないということだった。

「王妃様がいらっしゃったの……」

話を聞き、目を丸くする。

アルバートから、如何に王妃が彼を嫌っているかを聞かされているだけに、彼女がここにやってきたというのは俄には信じがたかった。だが、事実としてアルバートは部屋に引き籠もっている。

「昨日からずっと扉の外から呼びかけているのですが、殆ど返事がなく……。先ほどヴィオラ様のお迎えの時間が過ぎていることに気づき、慌てて出ようとしたのです。殿下はこのような状態ですから。ヴィオラ様がこちらに来て下さって助かりました」

「それは構わないけど……アルバートは大丈夫なの？」

「……」

王妃に何を言われたのかは分からないが、部屋に閉じこもっているくらいだ。きっと酷い言葉を投げつけられたのだろう。彼の様子が気になって尋ねると、ゼインは力なく首を横に振った。

「分かりません。扉を開けて下さらないので。その……こんなことをお願いするのは間違っていると分かっています。ですがお願いします。ヴィオラ様。どうか殿下の様子を見てきてはもらえませんか。私では返事すらして下さらなくて……」

「もちろん行くわ。だけど信頼しているあなたが声を掛けても返事をしないんでしょう？私が行って応えてもらえるかは分からないわよ」

憔悴しきった様子のゼインに答える。期待してくれるのは嬉しいが、幼い頃から仕えているゼインの呼びかけを無視するくらいなのだ。知り合ってまだ日の浅い私が声を掛けたところで返事をしてくれるとは思えなかった。

だが、ゼインはキッパリと断言した。

「ヴィオラ様なら大丈夫です。殿下にとってヴィオラ様は特別な御方ですから。あなたの呼び掛けならきっと……」

「そう？　それならいいけど……」

「ありがとうございます。私は厨房で待機しています。殿下は二階の一番奥のお部屋に。お邪魔は致しませんので、どうか殿下のことをよろしくお願い致します」

「……分かったわ」

深々と頭を下げられてしまえばもう、行くしかない。

私はゼインと別れ、二階へ続く階段を上った。彼の部屋に行くのは実はこれが初めてなので少し緊張する。それと同時に、アルバートが今、どうしているのかとても心配になった。

昨日から引き籠もっているということは、食事も取っていないのだろう。何か口にしないと倒れてしまう。

「……アルバート、いる？」

ゼインから聞いた通り、二階の一番奥の部屋に辿り着く。深呼吸をひとつしてから、扉をノックした。そうっと声を掛けるも返答がない。

「アルバート？　ねえ、聞こえてるんでしょ？　ゼインが心配してたよ。いつまでも閉じこもっていないでここを開けてよ」

「……」

待ってみたが、返ってくるのは沈黙だけ。やはり私が声を掛けたところで、彼を動かす原動力にはならないのだろう。分かっていたことだが、実際に目の当たりにすると辛いものだ。だけど、ここで「はい、無理でした」と諦めるわけにはいかない。最低でももう少し粘って声を掛け続けなければ。そう決意していると、室内から小さな声が聞こえてきた。

「……今の声……ヴィオラか？」

「アルバート!?」

間違いない、彼の声だ。

返事があったことに驚きつつ、扉に張り付く。開けようとしたが、内側から鍵を掛けられているらしく、扉を開くことはできなかった。

――離宮の入口に鍵が掛かっていないのなら、その中の部屋にも鍵を付けなければ良かったのに……！

苦々しく思いながらも、会話を終わらせたくなくて声を張り上げた。

「ね、ねえ！　ここを開けてよ！　ゼインも心配しているの。昨日からずっと部屋に籠もりきりなんでしょう？」

「……」

「アルバート……！　お願いだから！」

私の言葉が気に入らなかったのか、返事が途絶えてしまった。せっかく応答してくれていたのにと思いながら、扉をどんどんと叩く。

――ああ、私、何か間違えた？

もっと別のことを言えば良かったか。だけど何が正解なのかなんて分からないのだ。

泣きそうになったその時、ガチャ、という音が聞こえた気がした。

「えっ……」

扉が内側から開く。ドアを叩いていた手を止め、呆然としていると、中から伸びてきた手が私の腕を摑んだ。

「ひゃっ……！」

強い力で中に引き摺り込まれた。咄嗟のことで抵抗できない。

何か硬いものに当たった衝撃。痛くはないけどなんだろうと思っていると、次に聞こえたのは扉が再度閉まった音と、鍵が掛けられたガシャンという音だった。

「え？」

何が起こっているのか分からない。カーテンが閉められているのか、午前中だというのに部屋の中は暗かった。

――何？　何が起こっているの？

混乱していると、私を部屋に引き摺り込んだ手が離れた。だけど次の瞬間には強い力で思いきり抱きしめられる。

「えっ、えっ、えっ!?」

「ヴィオラ――」

「へっ……？　アルバート？」

耳元で吐息と共に囁かれた声。それはアルバートのものだった。というか、この部屋には今、アルバートしかいないのだから普通に彼しかあり得ないのだが、突然のことでパニックになっていた私には、そこまで思い至れなかったのだ。

アルバートは後ろから私を抱きしめていて、その表情を窺うことはできない。だけど、背中がじんわりと温かいのと、彼の心音が聞こえてくることでアルバートの無事を実感した。ほうっと長い息を吐く。

「アルバート……良かった。無事だったんだ。ゼインにあなたが閉じこもっているって聞いて、すごく心配したんだからね」

安堵のあまり責めるような口調になってしまう。だがそれに返事はなく、代わりに私を抱きしめる腕の力が強くなった。

「……」

「アルバート？　どうしたの？」

己を抱きしめている腕をトントンと軽く叩く。今度は小声で応答があった。

「……寒いんだ」

「え？」

「寒い。あの女がここに来てからずっと寒くて……何もする気になれない」

「……王妃様に何を言われたの？」

アルバートが閉じこもることになった要因である王妃の名前を出す。ビクリと彼の身体が強ばったのが分かった。

「ゼインが言ってた。王妃様が会いに来てから、部屋に閉じこもってしまったって……。

王妃様に何か言われたんでしょう？　多分だけど、すごく……嫌なことを」

　傷ついていると分かっているのに聞き出すのは、本当はしてはいけないのかもしれない。心の整理が付くまでそっとしておくのが一番だと分かっている。

　だが、このままでは埒が明かないと思ったのだ。すでに閉じこもって一晩。おそらく食事も取っていないであろう彼を、これ以上部屋の中に置いておくわけにはいかない。

　多少荒療治でも外に出る気にさせなければと私は必死だった。

　――ゼインは駄目でも、私のことは部屋に入れてくれた。それなら私の言葉は聞いてくれるはず……！

　拒絶している人間を中に引き摺り込んだりはしないだろう。今、彼をどうにかできるのは私だけなのだ。

　それを理解した私は一生懸命彼に言った。

「アルバート。お願い、話して。その……もちろん無理にとは言わないし、言えないけど。で、でも思い上がりかもしれないけど私ならあなたの気持ちを少しは分かってあげられるから。ほら、あなたも知っているでしょう？　私がどれだけ皆に嫌われているのか。もう本当、笑っちゃうくらい嫌がられているんだから。似たような思いをしている仲間である私に話してみない？　少しは気持ちが軽くなるかも――」

「どうしてまだ生きている、と言われた」

「えっ……」

ひゅっと喉が鳴った。

言葉が続かない。愕然としていると、アルバートが低い声で言う。

「昨日、義母上がやってきて、オレに言ったんだ。『どうしてまだのうのうと生きているのか。いい加減、自殺でもしてくれれば清々するのに。お前ができる親孝行はそれくらいだろう』と。そう言われた」

「……は」

はく、と口を開く。衝撃的すぎて頭が回らない。

義理とはいえ、息子に告げる言葉とは思えなかった。

「オレがいるせいで、いつまで経ってもエイリークが王太子として認められないのだそうだ。義母上は弟が王太子になることを望んでいるから。昨日も父上に却下されたと、そのイライラをオレに直接ぶつけに来たようだった」

「ひ……どい」

ようやく出た声はカラカラに掠れていた。

この国に王子がふたりいて、だけども王太子がまだ決まっていないことは周知の事実だ。

そして王妃が己の息子である第二王子を王太子にしたいのも皆が知っている。

だけど、自分の望みが叶わないストレスをアルバートにぶつけるとは、どういう了見だろう。それも『自殺しろ』なんて、絶対に人に向けてはいけない言葉を使うとは信じられない。

頭がグラグラして酷く気持ち悪かった。

私も……思い出したくもないが、一度だけ冗談交じりに似たようなことを言われたことがある。

出席した夜会で令嬢たちが集まり、私の悪口大会を開いていたのだ。そこで彼女たちは笑いながら『ヴィオラ・ウェッジソーンは最低最悪の傲慢女。いるだけで害悪だからいっそ死んで欲しい』と言っていた。

向こうは軽い気持ちで告げたであろう言葉は、偶然話し声を聞いてしまった私の心を嫌というほど真っ直ぐに貫いた。

負の感情が籠もった言葉は私の身体を巡り、一瞬にして全身に異変が起こった。

強烈な吐き気に眩暈《めまい》。キュウッと縮こまるような心臓の痛み。胃は穴が空いたのではないかと思うほどの激痛を引き起こし、その場に立っているのが奇跡のような状況に陥った。

——何もしていないのに、どうしてそこまで言われなければならないの。

彼女たちは何も被害を受けていないのに、どうして冗談半分に『死ねばいい』なんて言えるのか。

気づかれないようにその場を去り、用事ができたと嘘を吐いてなんとか屋敷に戻ったが、そのあとのことは覚えていない。気づいた時には、一週間が経過していた。

全くのデタラメなのだから気にする必要はないと自分に言い聞かせ、立ち直るまで更に二週間を要したことを思い出せば、今、アルバートがどんな気持ちになっているのか理解できる。

義理とはいえ、母親に毒を吐かれて、アルバートが傷つかなかったはずがない。

付き合いがほぼないような他人に言われても辛くて辛くて堪らなかったのだ。

「……アルバート」

名前を呼ぶと、アルバートはボソボソと言った。

「オレは……今まで義母上のおっしゃる通りに努めてきた。気持ち悪い目を見たくないと言われたから、前髪を伸ばして目を隠したし、姿を見るのも嫌だと言われたから、年に一度の誕生日以外、本館に立ち入りもしなかった」

「うん……うん……」

なんとか返事をする。アルバートの言葉は、私に聞かせているというより、ただ自ら行ってきたことを確認しているだけのようにも聞こえた。

「エイリークを王太子にしたいならそうすればいい。嫌われ者のオレが王太子になど、望んでもいない。もとよりオレに望みらしい望みなんてないんだ。だからオレはここで義母上の望む通り、表に出ないようひっそり暮らしていたのだが……義母上はそれすらも許せないのだな。あの人は——オレが生きているという事実が腹立たしくて堪らないらしい」

「っ！」

乾いた声音が怖かった。

なんの感情も抱いていないかのような声が、恐怖を煽っていく。

「義母上が帰ったあと、オレは自分が想像以上にショックを受けていることに気づいた。不思議だったんだ。オレはとうにあの女に見切りを付けていたし、あれが自分の息子のためならなんでもする女だと知っていたから。それなのに何故って。それで……気がついてしまった。見切りを付けたつもりだったのに、オレはまだ義母上に期待していたのだと。どこかでいつか義母上がオレを息子だと認め、謝ってくれることを信じていたんだ。そんな日が来ることはないと、他の誰よりオレが知っていたというのに……。はは……馬鹿みたいだろう？」

「そ、そんなことないっ」

抱きしめられた状態の中、なんとか振り返り、彼を見る。

部屋に入った直後は、暗くて周囲もよく見えなかったが、時間が少し経ったからかアルバートの顔くらいは確認できるようになっていた。

彼の顔は酷く憔悴していた。目の下にはクマができ、頬はやつれているように見える。顔色も悪く、酷い有様だ。チラッと首元を見た。クラヴァットは……していない。それどころか上衣すら着ていなかった。ベストもだ。着ているのはシャツ一枚だけ。それも上の方はボタンを留めていないような有様。当たり前だが、最悪のコンディションなのだなと再認識した。それを理解しながらも、伝えるべきことは伝えなくてはと口を開く。

「わ、私だって期待したもの。いつか、皆の誤解が解けるんじゃないかって。今はもう無駄だって分かってるけど、でも結構長い間、夢を見てた！　だから分かる！」

アルバートと私ではされたことに天と地ほど差があるのは分かっていたが、言わずにはいられなかったのだ。己の黒歴史を晒しているようで辛かったが……いや、今はそんなことを気にしている場合ではない。

「期待するよ、そんなの。だって辛いんだもの。いつかこの不幸から抜けられるかもって思って何が悪いの。当たり前じゃない！」

「ヴィオラ……」

「アルバートが傷つくのは当然。……辛かったよね。要らないって言われて。大丈夫。私は知ってるから。アルバートが素敵な、優しい人だって」

お前など不要だと言われた今のアルバートは、自己肯定感が恐ろしく下がっている。元々低めであることは知っていたが、今は本当に危うい状態なのだ。

それこそ、目を離せば死んでしまうのではないかと危ぶむくらい。

だから、せめて私は彼を大切に思っているということを伝えたかった。

「素敵で優しいって……お前は何を言っている。オレはただの嫌われ者だろうに」

「それは、アルバートのことを知ろうともしないで好き勝手言っているだけでしょう？　アルバートは素敵だよ。顔だって格好良いし、その赤い目も宝石みたいで大好き。それに、アルバートは優しいしね。悪女だって皆に後ろ指をさされている私のことを、噂に惑わされずちゃんと見てくれる。それって、私にはすごく嬉しいことなんだよ」

「……お前が悪女なわけないだろう」

呆れたような声が返ってきて、少しだけホッとした。

「うん。でもそれはアルバートがきちんと私を見てくれたからでしょう？　同じように私もあなたを見ているの。そうして判断した。あなたは私にはもったいないくらいの素敵な王子様だって。正直、アルバートを独り占めできている今が信じられないもの。きっと皆、あなたのことを知れば好きになるし、そうしたらあっという間に私なんて要らなくなると思う」

「馬鹿なことを言うな。お前を要らないなんて思う日が来るはずないだろう。誰もいない中、お前だけがオレを見つけて話し掛けてくれたのに」

「うん。あの日、アルバートを見つけられてラッキーだったなって思ってる。私もあの日からひとりじゃなくなったから」

にっこりと笑う。少しだが、アルバートに表情が戻ってきているように感じた。

手を伸ばし彼の頭に触れる。少し乱れた髪を撫でつけると、アルバートは小さく息を吐き出した。

「ヴィオラ……」

「うん」

「ずっと、寒いんだ」

「それ、さっきも言ってたね。王妃様が来られてから寒いって」

寒さを口にするアルバートは私を抱きしめながらも震えていた。

部屋の温度が低いわけではない。これは精神的なものなのだろう。どうしてあげれば彼の寒さが和らぐのか考えているとアルバートが言った。

「義母上がこの部屋を出ていってから……凍えるような寒さがずっとオレを襲っている。ベッドに入っても寒くて堪らなくて、動く気にもなれなかった」

「だから、ゼインの呼びかけにも応えなかったの？」

「……ああ。あいつが呼びかけていることは分かっていたが、返事をするのも億劫で」

ギュウっと痛いくらいに抱きしめられる。先ほどから私を抱きしめて離さないのは何故かと思っていたが、どうやら私は湯たんぽにされていたようだ。

なるほど納得と思いつつ、それならばと彼の背に両手を回す。短絡的かもしれないが、しっかりくっついていれば少しは寒さが和らぐかなと考えたのだ。

ほうと、アルバートが息を吐く。

「寒くてどうしようもなかった時にお前が来てくれた。お前の声を聞いているうちにどうにも我慢できなくなって……気づいたら部屋に引き摺り込んでいた。お前を抱きしめると寒さが和らぐ。ずっと凍えていたのが嘘のようだ……」

「そ、そっか。私でいいのなら」

どうやら私の存在が、彼にとっての精神安定剤になっているようだと分かり、頷いた。私に触れていれば大丈夫だというのなら、もう少し彼が落ち着くまで大人しくしていよう。どうせ暇な身。時間だけはたっぷりある。

「落ち着いたら、ゼインを呼ぼうね。昨日から引き籠もってるってことはご飯も食べていないんでしょう?」

「そんなこと考える余裕もなかった。……それよりヴィオラ、もっとお前に触れていいか?　お前に触れると息がしやすい。こんなオレでも生きていていいんだって思える」

アウトと叫びたくなる台詞を真顔で告げてくるアルバートに慌てて頷いた。

本気でアルバートはヤバい状態だったらしい。

——危ないなあ。

間一髪という気分だった。

ゲームの彼も、今回みたいなことが重なり、徐々に精神状態を悪化させていったのだろうか。そうして全てが嫌になった彼は、クーデターという普段なら絶対にしないであろうことを画策したのか。

人が壊れていく瞬間を垣間見た気持ちになり、心底ゾッとした。

せっかく親しくなった友人が闇に落ちていくのを見たくない。そのために私が必要だというのならいくらでも協力しよう。

何せアルバートとは傷を舐め合う間柄なのだ。仲間が助けを求めているのなら手を差し出すのが当たり前ではないか。私もたくさん助けてもらったのだし。

私が了承すると、アルバートは抱きしめていた腕を解き、代わりに私の手を握った。そうして、部屋の奥へと連れていく。そこには大きめのベッドがあった。

王族が使うにしては簡素な寝台。周囲に配置された家具もそれなりではあったが、第一王子の使うものとしては物足りない。これが彼の置かれている現状なのだろう。

王子として一応認められているが、それだけ。壁には風景画の一枚すらなく、趣味のものと思われるものすら見当たらない。本当に必要最小限のものしか置かれていない彼の部屋はとても空虚なように私には思えた。

——ベッドにチェスト、机。来客用のソファはなし、か。

考えすぎかもしれないが、お前に来客などないだろうと言われているように見え、胸が痛んだ。

思わず王妃に言ってやりたくなる。

私が来ていますけど？　アルバートにはちゃんと友達がいるんだからね！　と。

――まあ、言えないんだけどね。

ある意味、同じような立場の私が騒いだところで、更に蔑まれるだけだ。私を友人だと言ったところで損をすることはあっても得をすることはない。

ふと、ベッドに目をやる。暗がりでもシーツが乱れているのが分かった。先ほどまでアルバートが使っていたのだろう。整えられていないベッドの様子が妙に生々しく見えて焦った。

「え、えっと？　なんでこんなところまで連れてきたの？」

触れたいとは言われたが、どうして場所を移動したのか分からない。疑問に思って尋ねると、無言のままベッドに押し倒された。

「え？」

何が起こったのか分からず、ただ、自分を組み敷いてくるアルバートを見つめる。

背中と腰にシーツの柔らかな感触。スプリングは思ったよりも硬かった。先ほどまでアルバートがいたせいか、彼の匂いらしきものがする。

――え、これ、まずくない？　嘘でしょ、貞操の危機？

突然の事態に全く動けない私の首に、アルバートが顔を埋めてくる。

「はあ……落ち着く」

「……」

改めて抱きしめられる。どうやら彼は私の体温を堪能するために、わざわざベッドに場所を移したらしいと気づき、脱力した。

——ああ、そういう……。

確かに立ったままよりベッドに転がった方が、くっつくのも楽そうだ。

彼の意図をようやく理解した私は、心の中で『自意識過剰、恥ずかしい』と項垂れた。

——あー、吃驚した……。

なるほど、そういうことならと安堵した私は、彼の頭に手を伸ばし、よしよしと優しく撫でた。

アルバートはされるがままだ。

なんだろう。小さな子供を相手にしているような気持ちになってきた。

優しい気持ちで彼の頭を撫で続ける。傷ついたアルバートが少しでも癒やされてくれるといいなという思いだった。

「アルバート、大丈夫、大丈夫だからね」

できるだけ優しく話し掛けると、大人しくしていたアルバートが顔を上げた。

「……ヴィオラ、その……もう少し、触れてもいいか?」

「何？　遠慮してるの？　さっきもいいって言ったのに」

というか、そう言ってベッドまで連れ込んだのではなかったのか。

ここまでして今更過ぎると思っていると、喉の辺りにぬるりとした感触がした。

「えっ……んっ」

アルバートが私の喉元を舌で舐めていた。

何をされているのか、一瞬理解が追いつかなくて硬直した。動揺しつつも声を上げる。

「あ、アルバート!?」

「ああ……お前の肌は甘いな」

「え、あ、え？」

「服を脱がせても構わないか？　お前の肌の温もりを直接感じたいんだ」

「うぇ？」

変な声が出た。だけど仕方ないだろう。アルバートが突然おかしなことを言い出したのだから。

何かの冗談であれば良かったのに、どうやらアルバートは本気のようで、私が着ているドレスを脱がそうとしてくる。慌てて抵抗した。

「ちょ、ちょ、ちょ、ちょっと、アルバート！」

「？　なんだ？」

顔を上げ、不思議そうな顔で私を見てくる。

「な、なんで服を脱がそうとしているの？」

「お前の肌の温もりを直接感じたいからと言わなかったか？」

「そ、それは確かに聞いたけど」

「そういうことだ」

「どういうこと!?」

どうしよう。アルバートの話している言葉の意味が全く理解できない。大混乱に陥る私を余所に、アルバートは器用に私のドレスを脱がせてくる。後ろにあったジッパーを下げられてしまえば、簡単に上半身は露わになった。胸を覆う下着しか着けていない状態になり、ますます混乱する。

——え、え、え？　なんで？　なんで私は脱がされているの？

全く、全く今の状況が分からない。

いや、何故こうなっているかは分かっている。

肌の温もりが欲しいアルバートにとって、分厚いドレスは邪魔でしかなかったのだろう。だから脱がせた。その理屈は理解できるのだけど。

——わ、私、これでも一応嫁入り前なのだけれど？

確かに恋人も婚約者もいない身の上ではあるが、さすがにこれはいけないのではないだろうか。

だって私とアルバートは別に付き合っているわけではないし。

目は口ほどにものを言うという諺《ことわざ》があるが、私の言いたいことを察してくれたのだろう。

アルバートがドレスを脱がす手は止めないまま言った。

「もっと触っていいかと聞いたら、お前はいいと言っただろう」

「言った！　確かに言ったけど、さすがにこの展開は予想してなかった！　そして下着を脱がさないで！　お願いだから！」

胸を覆う下着を脱がせようとしてくるアルバートに抵抗するも、あっさりと剝ぎ取られてしまう。男女の力の差を思い知った瞬間だった。

「あの、あの、あのね……アルバート。さすがにこれはまずいというか――」

「……ヴィオラ。本当に、寒いんだ」

「あ……」

「オレを、助けて欲しい――」

痛いくらい真剣な声が耳を打つ。縋るように見つめられ、抵抗する気力が根こそぎ奪い取られていった。

「くぅ……」

真っ赤になりながらも彼を見る。

アルバートはいやらしい目的で私を脱がそうとしているのではない。本気で助けを求めて、温もりを感じたくてやっているのだということを理解してしまった。

「……うう、ううう」

「オレを温めてくれるのはお前しかいない。お前だけがオレの寒さを和らげてくれる。駄目か？　お前が本当に嫌がることはしない。その……触れたいと思っているが、最後まではしないと約束するし……だから——」

語尾に勢いがなくなっていく。視線が伏せられる。傷ついているというのが一目で分かるアルバートの様子を見ていると、何故か私まで心臓が痛くなってきた。

——うう、アルバートにこんな酷い顔をさせたくない。

だってアルバートは助けてくれたのだ。私が辛いと言った時、その言葉をきちんと受け止めてくれた。辛さに優劣はないのだと言ってくれた。あの言葉が、私は何より嬉しかったから。だから——。

——私にしてあげられることがあるって言うのなら、いいよね。

そう思ってしまったのだ。

私に触れることで、彼が救われると言うのならそれもいい。ここで彼を拒絶した方が後悔するだろうと分かっていた。

「……アルバートの言う、触るってどこまでのこと？　さっきの言い方だと、ただ裸で抱き合って満足って話でもないんでしょう？」

「……いいのか？」

「いいか悪いかって言ったら、そりゃあ、良くはないけど。私、助けを求めている友人を振り払うような人非人《にんぴにん》ではないつもりだし」

「……」

じっとアルバートが私を見つめてくる。その追い詰められたような顔を見てしまえば、仕方ないかとしか思えなくて。

「――ああもう！　分かった。女は度胸だ！　好きにしてくれていいよ。でも本当、最後の一線だけは越えないでよね。これは私の将来に関わってくる話なんだから」

とは言っても、悪役令嬢として活躍する予定の私が『将来』を考えることができるようになるとも思えないのだけれども。

――いや、諦めては駄目だよね。国外追放されてから良い人を見つけられるかもしれないし。うん。

自分にそう言い聞かせていると、アルバートが神妙に頷いた。

「分かった、約束する」

怖ず怖ずと告げられた言葉に納得し、首を縦に振った。

「――うん、じゃあいいよ」

まあ未来のことは未来で考えればいいか。今、最優先されるべきはアルバートの精神状態を少しでも回復させることだと思うし。

いい加減面倒になってきた私は、全ての抵抗を放棄した。

◇◇◇

「ヴィオラ……ヴィオラ……」

泣いているかのような声でアルバートが私を呼ぶ。それに私は返事をした。

「アルバート。大丈夫、私はここにいるから……んっ」

彼の唇が肌を這う。服はとっくに全部剝ぎ取られていた。

アルバートは上半身こそ裸だったが、下は脱いでいない。最後まではしないと約束したから、彼なりに気を遣ってくれたのだろう。その気持ちは嬉しいが、私だけ裸というのは恥ずかしかった。だが、肌を直接感じたいからと縋るような目で見つめられてしまえばノーとは言えなくて、結局彼がそうしたいのならと受け入れてしまったのだ。

——触れられるのも嫌じゃないし。

恋人ですらない男に触れられて、自分がどう感じるのか少し不安だったが、幸いなことにそれは杞憂に終わった。アルバートに触れられるのは気持ちよく、嫌悪といった感情を一切抱かなかったからだ。

「ヴィオラ……はあ……気持ちいい」

アルバートが私の乳房をやんわりとした力で摑む。

最初は本当に身体に触れるだけだったのだが、やはりそれだけでは満足できなかったのか、アルバートの動きは段々性的なものへと移行していた。

――まあ、互いに裸で抱き合っていて、はい、おしまいってわけにはいかないよね。

予想していたことだし、好きにしてくれと言ったのは覚えているので構わないが、自分の口から甘い声が出るのは、どうにも恥ずかしかった。

むにむにと形を確かめるように胸を揉みしだかれると甘ったるい喘ぎ声が勝手に出る。

「あっ……んっ……んっ」

「気持ちいいのか?」

「そ……そんなこと言えるわけない……」

無粋なことを聞いてくる男を軽く睨む。己の顔が赤くなっていることには気づいていた。

これは互いの体温を感じるための行為であり、愛の営みではない。それなのに感じてしまう自分が恥ずかしかったし、指摘して欲しくなかった。

「オレはお前が気持ちよくなってくれると嬉しいが」

「し、知らない……んっ」

胸の先を口に含まれた。飴を舐めるように口内で転がされる。ゾクゾクとした愉悦が背筋を走り、私は必死で声を押し殺した。

「んんっ、んんんっ……あっ」

あまりの心地よさに震えていると、キュウッと先端を強く吸い立てられた。腹の奥が連動するように疼き、ドロリと蜜を零れさせる。それを知られたくなくて、下腹部に力を込めた。

——は、恥ずかしい。

快感を追いやるように、はふはふと呼吸を繰り返す。

前世も含めて生まれて初めて異性に性的に触れられたが、こんなに気持ちよいものだとは思わなかった。

私の反応に気を良くしたアルバートが、更に乳首を吸い立てる。チュウチュウといやらしい音が鳴るのがどうにも恥ずかしくて仕方ない。

「やあ……も、そこばっかり……」

吸うだけではなく、膨らんだ先端を舌で押し回された。気持ちよすぎて子宮がジンジンと痺れるような心地がする。

アルバートの手が脇腹をなぞり、そのまま下へと降りていく。その手がどこを目指しているのかは分かっていたが、止めようとは思わなかった。

アルバートは約束を守ってくれる。

それを理解していたからだ。

「ひゃっ」

股の間に手が伸びる。蜜口に軽く指が触れ、腰が退けた。

「逃げないでくれ」

「わ、分かってる」

そんなつもりはなかった。今のはただの反射だ。私が首を縦に振ると、アルバートは身体を起こし、私の足をゆっくりと広げさせた。

「ひっ……」

秘めるべき場所を大きく晒され、顔が火照る。明かりの点いていない部屋とはいえ、すっかり目は慣れている。彼の目に私の恥ずかしい場所はばっちり映っているだろう。

本来なら恋人か夫にしか見せてはいけない場所を、友人でしかないアルバートに見られている現状に、頭が沸騰しておかしくなってしまいそうだった。

「お、お願い。あ、あんまりまじまじと見ないで……」

好きにしていいと言った手前、止めろとは言えないが、それでもこれくらいは言わせて欲しい。

震えながらも訴えると、アルバートはうっとりとした声で言った。

「濡れている。オレの愛撫で感じてくれたのか……。嬉しい」

「アルバート？」

嚙みしめるように言った彼が気に掛かり、名前を呼ぶ。アルバートが私に視線を向けた。

「オレはお前に触れさせて欲しいと言い、お前はそれを了承してくれたが……本当は少し心配だったんだ。お前は本当は嫌だったのではないかと。オレのために仕方なく身体を開くことを了承しただけではないかと不安だった。……だから確認したかった。きちんとお前が感じてくれているのか。お前の意思でオレが触れることを許してくれているのか。……オレに——嫌われ者の王子に触れられて、濡らしてくれているのか、と」

「ば、馬鹿にしないで」

恥ずかしい体勢を取らされた状態で言うのもどうかと思ったが、それでも黙っていられなかった。

「た、確かに流された感はあるし、仕方ないって思ったところはある。だけど頷いたのは私の意思。言ったでしょ。私はアルバートを素敵な人だと思ってるって。触れられて嫌だなんて思うはずないじゃない。むしろ気持ちよすぎてどうしようって困っているくらいなんだから」

慰めるために身体を差し出したのに、蓋を開けてみれば、私ばかりが気持ちよくなっているような気がする。アルバートの愛撫は丁寧で、比喩ではなく身体が溶けていきそうな心地なのだ。

　私の言葉を聞いたアルバートが嬉しそうな顔をする。

「そうか、オレに触れられて気持ちいいと思ってくれているのだな」

「ま……まあ、そう、かな」

　反射的に「そこまでではない」と否定しそうになったが、アルバートがホッとしたような顔をしたので、慌てて肯定した。恥ずかしいからとここで否定すれば、取り返しの付かないことになるような気がしたのだ。

　私が頷くのを見て、アルバートは顔を綻ばせる。

「良かった。オレばかりが心地よくなっているのではと不安になっていたからそう言ってくれて嬉しい。情けないことに今気づいたんだが、オレはお前に求めてもらいたいと思っているようなんだ。多分、身内にさえ要らないと言われるオレでも求めてくれる存在がいるのだと実感したいんだと思う。そうすれば、この冷えきった身体も少しは温まるんじゃないかと思うから――」

「馬鹿じゃないの」

　泣きそうに顔を歪めるアルバートに、私は口を尖らせて言った。

「求めているに決まってるじゃない。あなたを必要だと思ってるに決まってるじゃない。でないと、こんなこと許すわけないでしょう。それくらい、言わなくても気づいてよ」

「……ああ。そうだな」

「で？　私をいつまでこの体勢のままでいさせるつもり？　……こっちも大概恥ずかしいんだからね」

足を広げさせた状態で話などするものではない。顔を赤くして睨めつけると、アルバートはハッとした様子で謝ってきた。

「す、すまない」

「謝らないでよ……って、きゃっ、ちょっと……何を……！」

信じられないことに、アルバートが股座《またぐら》に顔を埋めてきた。そうして舌を這わせ始める。

「えっ、あっ……やああ……！」

途端、やってきたのは今までとは全く違う種類の快感だった。ぬめった感触が蜜口の形を確かめるように這う。舌の動きがダイレクトに伝わり、堪らず私は背を仰け反らせた。

急激に訪れた悦びについていけない。

「あっあっ……！　そんなとこ……駄目ぇ」

「だが、お前のここはひくついて喜んでいるようだ」

「ち、ちが……ひぅっ」

アルバートが舌先を尖らせ、蜜口の少し上にある突起をツンと突く。途端、なんとか体内に押しとどめていた愛液が我慢できないと堰《せき》を切ったように溢れ出した。

「ああっ！」

「愛液が次から次へと溢れてくるな。花弁が濡れて……オレを誘っている」

「ひんっ」

指が花弁を掻き分け、中を探る。浅い場所をくちゅくちゅと掻き回された。その音を聞けば、自分がどれだけ濡らしているのか嫌でも分かってしまう。

「あっ、あっ……」

ひくんひくんと膣道が収縮しているのを感じる。そこを指で刺激されると、今まで感じたことのない愉悦が湧き上がってくるのだ。

「やあ……そこ……かき混ぜないで……ひんっ」

浅い場所を探られているだけなのに、気持ちよくて仕方ない。癖になりそうな快感に私は身悶えた。

「あっ、んっ、も……アル……バート……」

これ以上は勘弁して欲しい。このまま続けられると、頭の中が気持ちいいことだけでいっぱいになってしまいそうなのだ。緩く首を横に振る。だけど彼は止まらなかった。再び舌で敏感な突起を舐め上げてくる。

「ひあぁっ！」

ビクンと大きく身体が跳ねた。ひとりでは抱えきれないほどの悦楽が一気に襲いかかってきて泣きそうだ。アルバートが私の身体を押さえつけながら、執拗に陰核を嬲《なぶ》る。

「ひっ、あっ、あっ、やあ……！」

舌で左右に弾かれたり、吸い付かれたり。その度に、愛液がはしたないほど蜜口から溢れる。小さな突起をぐにぐにと押し回されると、頭の中に星が散る。

与えられる快楽が大きすぎて耐えきれない。堪らず逃げようとしたが、すぐに引き戻されてしまう。

「逃げるな」

「やあ……だって……」

「気持ちいいと思ってくれているのだろう？　それなら、そう言って欲しい。分かるように欲しがって欲しい。……逃げられたり嫌だと言われると……拒絶されている気持ちになる」

「ううう……」

それは卑怯ではないのか。

本気で嫌がっているわけではないのは、私の反応を見れば分かるだろうに、彼は言葉まで求めてくる。

だが、それこそが今、彼の求めていることなのだと知っている身としては、嫌だとも言えなかった。

拒絶されたくない。自分のすることを全部受け入れて欲しい。肯定されたいというのが、アルバートの望みだからだ。

私は過ぎた快楽に目を潤ませながらも、アルバートが望む言葉を紡いだ。

「き、気持ちいいから……そ、その……もっと、して？」

「いいのか？」

「いい、いいから……ひあっ」

首を縦に振った次の瞬間、じゅうっと陰核を強く吸われた。暴力的な気持ちよさが私を襲う。

「あああああっ……！」

再び陰核が甚振《いたぶ》られる時間がやってきた。アルバートがより粘着質に、花芽を攻撃する。先端に軽く触れるだけの愛撫を繰り返したり、逆に強く押し回したりと様々な方法で快楽を植え付けられた私は、逃げることもできず、それを受けるしかできない。

「気持ちいい、か？」

時折アルバートが顔を上げ、確認してくる。それにガクガクと頷いた。

「き、気持ちいい、気持ちいいから……」

「もっと、して欲しいか？」

「う……ん、もっと、して……！」

その言葉しか許されないと分かっていた私は、激しすぎる羞恥の中、彼の望む台詞を口にした。ドロドロになった膣孔がヒクヒクと痙攣《けいれん》しているのを感じる。その中に、彼は指を差し入れた。先ほどまでとは違い、抵抗する膣壁を掻き分け、奥へと指を押し込んでくる。


「あ……指……中……入っちゃう……」

「ああ……お前の中は温かいな」

「ひんっ……」

指がゆっくりと抜き差しされる。ぬぷぬぷという音が耳を塞ぎたいくらいに恥ずかしい。まるで性器を挿入されているような気持ちになってくる。

鈍い快感が擦れた膣壁から呼び起こされ、じわじわと全身に熱が灯り出す。中を探られるのが気持ちよくて、甘ったるい声が出る。

ずっと感じていたい気持ちよさに身体から力が抜けていった。

「あ、あ……」

「甘い声。もう一本、入るか？」

「んんんっ」

隘路にもう一本指が入り込んでくる。キツいと思ったが、十分に解された蜜路は二本の指をすぐに受け入れた。

「ひっ、あっ、やっ……」

「ヴィオラ……可愛い……オレに愛されて悦んでいるんだな」

「あぅ……気持ちいい……気持ちいいの」

「お前の中がどんどん柔らかくなってきた。指に絡み付いてくる。……ここにオレのものを挿れたら、さぞ気持ちいいのだろうな」

「っ」

ボソリと呟かれた声には熱が籠もっていた。慌ててアルバートを見る。彼は私を安心させるように微笑み、頬に口づけた。優しい感触に、ほうっと息が零れる。

「アルバート」

「大丈夫だ。したくないと言えば嘘になるが、お前との約束は守る」

「……うん」

「だから、もう少し」

「ああぁっ」

突然、別の指が陰核を弾いた。蜜孔を掻き回されながら、花芽を攻められる。そのあまりの気持ちよさに腹の奥が酷く熱くなった。

「あ、あ、あ……やあ……なんか来る……」

熱さが体積を増す。それが今にも弾けそうだ。

頭はクラクラしてまともに考え事ができない。苦しくて、ハアハアと浅い呼吸を繰り返した。

「も……止め……おかしくなっちゃう……から……」

「おかしくならない。お前のそれはただイきそうなだけだ。その感覚に素直に従ってみろ。そうすれば今よりもっと気持ちよくなれる」

「何それ……ひあああ」

陰核を爪で擦られた。ガクガクと身体が震え出す。気づけば全身にびっしょりと汗をかいていた。

身体に溜まった熱が発散する場所を求めてグルグルと蠢いている。今にも爆発しそうな状況に、最早息をすることすら辛かった。

そんな私をアルバートが愛おしげに見つめてくる。

「お前がオレの愛撫で気持ちよくなったところを見たいんだ。そうすればこの寒さも治まるような気がする。オレは必要とされていると納得できる気がする。だから、だからお前の可愛いイき顔を見せてくれ」

「待って……そんなこと言われても……アアアアアアアッ!!」

もう一押しとばかりに、陰核を押し潰された。同時に指が膣壁を擦り上げる。

深すぎる快楽に溜まったものが一気に弾けた。

「――!!」

与えられた衝撃が強すぎて、声も出ない。途方もない法悦に全身がビリビリと震えている。

身体をエビのように反らせ、私は生まれて初めての絶頂を味わった。

「あ、あ、あ……」

膣内に埋められていた指が、引き抜かれた。

突き抜けていった熱が消える。代わりに襲ってきたのは倦怠感だ。

「はあ……はあ……」

ドッと汗が噴き出る。あんなに熱かった身体が、今は震えるほどに冷たい。

「アルバート……私……」

「イったんだ。……すごく可愛かった、ヴィオラ」

愛おしいものに触れるかのように、額に口づけられる。大事にされているのが伝わってきて、なんだかとても照れくさかった。

目を潤ませてこちらを見てくるアルバートは、分かりやすく喜んでいた。本人が言っていた通り、己の手で私を悦ばせたことが嬉しかったらしい。

――そっか。……喜んでくれたのか。

ホッとした。初めての触れ合いは色々驚いたし大変だったが、心地よい充足感が心を満たしており、後悔はなかった。

挿入しないという約束を彼はきちんと守ってくれたし、それに今気がついたのだけれども、唇への口づけもなかった。

彼なりに私を気遣ってくれたのだろうと思う。

私はまだ絶頂の余韻で震えている身体を叱咤し、アルバートへと手を伸ばした。

「ヴィオラ?」

「……もう、寒いのはなくなった?」

これだけは確認しておかなければと思い、尋ねる。

私の言葉を聞いたアルバートが目を大きく見開く。そうしてゆっくりと首を縦に振った。

「――ああ。お前が応えてくれたおかげだ。……もう、寒くない」

その表情はいつものアルバートのもので、先ほどまでの危うかった彼の姿はない。そのことに安堵した。

「そう、それなら良かった……。あんまり心配かけないでよね」

「ああ、すまない。それと、今日、お前を迎えに行けなかったのも悪かった」

「今更」

真顔で謝ってくるアルバートの頬をぷにっと突く。

そんなところにまで思い至れるようになったということは、本当にある程度は回復したのだろう。良かった、良かった。

「こほっ……」

ホッとしたら、喉が枯れていることに気がついた。大分アルバートに啼かされたからそのせいだろう。

「だ、大丈夫か！」

「……誰かさんのせいで喉が痛いだけ。うー、お水が欲しい。あ、そうだ。アルバートもご飯食べなよ。昨日から何も食べてないんでしょ」

喉を押さえながら彼を見る。

私の言葉に、言われて初めて気がついた、みたいな顔をした彼は、比較的素直に「分かった。ゼインに連絡する」と頷いた。

◇◇◇

多少は立ち直ってくれたのか、アルバートの引き籠もりは無事、終了した。

私が文字通り身を削ったのが功を奏したようで何よりだ。

私と一緒に部屋から出てきたアルバートを見たゼインはいたく喜び、私の手を取って礼を言った。

「ありがとうございます、ヴィオラ様」

「いいのよ。私も心配だったし」

「おい、ゼイン。ヴィオラに触るな」

アルバートが、ぺしっとゼインの手をはたき落とす。そうして私を後ろから抱き込んだ。

「アルバート？」

「……ヴィオラ。なあ、もう少し、くっついていたい。駄目か？」

「……それはまあ……いいけど」

先ほどまで彼にされていたことを思えば、ただくっつかれるだけというのは可愛いものだ。

私が頷くとアルバートは喜び、それから帰るまでの間、ずっと私の側に侍り続けた。

びっくりするくらい距離が近い。

ソファに座っていても、今まではならちゃんとスペースを空けていたのに、今日の彼はまるで恋人同士であるかのようにゼロ距離でくっついてくる。

嫌かと聞かれたら、別に嫌ではないので構わないが、突然のこの距離感にゼインが吃驚するのではと心配だった……のだが、彼は不思議がるどころか、ニコニコととても嬉しそうだった。

——まあ、何も言われないのならいいか。

先ほどまでが嘘のようにアルバートの機嫌はいいし、心の傷が少しでもマシになったというのなら万々歳だ。

幸福そうに私にくっついてくる彼を適度に躱しながら私は残りの時間を過ごし、夕食を食べていけと言うアルバートに断りを入れ、屋敷に帰った。

◇◇◇

それからも、アルバートと私の交流は続いた。

時折、彼の精神が不安定になることがあり心配したが、そういう時はアルバートの方から「触れさせて欲しい」とお願いしてくるようになった。

私も嫌ではないし、それで彼の精神状態が保てるのなら安いものだと受け入れていたのだが、次第にこの生活を続けるのは無理があると思い始めてきた。

何故かと言えば、彼とそういうことをするようになってから、アルバートとの距離がやたらと近くなったからだ。

私たちって、恋人同士だったっけ？　と真剣に聞きたくなるような距離感はさすがにどうかと思う。

そしてもうひとつ。肌に触れる時の話なのだが、挿入したそうに見えることが多くなった。

彼のことは好きだが、なし崩しに処女喪失してしまうのは御免こうむりたい……という
か、本気で頼まれたら頷いてしまいそうな自分が一番怖いのだ。

——だって、嫌じゃないんだもの。

そんなにしたいのなら別に……と思ってしまう。

とはいえ、それは危うい考え方だ。貴族の娘にとって、処女というのはとても大切なもの。

今まで己を抱いた者はいないと夫になる人物に証明することができる武器でもある。

もちろん、恋人や婚約者とすでにそういう関係になっている人も少なくはないが、基本的には結婚するまで取っておくもの。

政略結婚をする予定があるのならば、むしろ絶対に必要と言っていいかもしれない。

私はこの先できるはずの婚約者から婚約破棄をされ、最終的に国外追放される。その先で、もし運命の人に出会えたら？　もしくはなんらかの事情で結婚することになったら？

その時、処女だというのはかなり重要な意味を持つと思うのだ。

損得で判断するのはどうかとは自分でも思うのだが、今後の自分の人生が掛かってくると考えれば、これも仕方のないことだろう。

アルバートも最近は大分、落ち着いてきたし、そろそろ私なしでもやっていけるように

なってもらわなければならない。完全に依存されてしまう前に、彼の手を離すのも必要なことではないだろうか。

「依存しているのはどっちなんだか」

ポツリと呟く。

本当は分かっているのだ。アルバートだけが依存しているのではなく、私もまた彼に依存しているのだと。

彼に触れられて、必要とされていると感じている。喜んでいる。

アルバートのことを言えた義理ではないのだ。

私たちの関係を一言で示すなら、共依存が正しいのだと思う。

お互いがお互いを必要としている。依存し合っている関係。

だけど、それでは駄目だと分かっているから。

「私もいい加減、アルバートから脱却しないとなあ」

時は確実に前へと進んでいる。このまま、生ぬるい関係を続けていけるはずなんてない。

小さく溜息を吐く。

今、私がいるのは自分の屋敷だ。先ほど父から呼び出しを受け、一階にあるサロンに向かっている途中だった。

「お父様、なんの用だろう」

嫌な予感がするなと思いながら、サロンの扉をノックする。父から入室許可が下りたので、扉を開けた。

「お父様、お呼びと伺いましたが」

「ああ、ヴィオラ。そこに座りなさい」

「はい」

父の座っているソファの前の席を示され、素直に腰掛ける。父の隣には母もいて、にこにこと笑っていた。

「それで――ご用件は？」

「お前の婚約者が決まった」

「っ！」

ひゅっと喉が鳴る。驚きすぎて息が止まった。

父を凝視する。

婚約者。

悪役令嬢である私が、婚約を破棄される相手。それがついに決まったと聞き、心が荒れ狂って仕方ない。

「ど、どなたでしょうか……？」

みっともなく声が震えてしまった。尋ねると、父は笑顔で言う。

「ピアズ公爵のご子息、エミリオ様だ。良かったな、ヴィオラ。お前の噂のことがあり、縁談は難しいと思っていたのだが、このような良縁をいただけるとは思ってもみなかった」

「エミリオ様……です、か」

父から告げられた名前を聞き、前世の記憶を辿る。

エミリオ・ピアズ公爵令息。

乙女ゲー『ノーブル★ラヴァーズ』における攻略キャラのひとりだ。

背中まである黒い長髪と高い身長が特徴で眼鏡を掛けている。

潔癖症で、確か話し言葉は敬語だったはず。雄味の強い美形。眉を寄せた表情と、見下すような視線が最高という評価だった。

彼はその容姿も相まって『ノーブル★ラヴァーズ』一番の人気キャラだったが、攻略難易度も最高峰だった。

何せ性格がいただけない。

彼は自分が優先されるのが当然と考える、高位貴族にありがちな思考を持つ男だ。

愛人をたくさん持つくせに、相手には自分だけを見て欲しい。従順で大人しく、常に自分を立ててくれる女が好きというクズっぷり。

自分の立場を危うくするような女が大嫌いで、そういう相手に対しては一瞬で愛想が尽きる。

こういう考え方の男だから、グッドエンドに持っていくにも細心の注意を払わなければならないのだ。

ヒロインひとりだけを見る男に変えるというのは、なかなか骨が折れるし、私は好きではなかったが……そうか、この世界のヒロインは彼を自分の相手に選んだのか。

私の婚約者に彼が選ばれたということは、つまりはそういうことなのだ。

――エミリオかあ……。また大変そうなキャラを選んだんだな。

とはいえ、個人の嗜好というものは強制できるものではない。

ヒロインがハッピーエンドに辿り着けるかは不明だが、それは私には関係のないこと。

私は自分のことだけで手一杯で、人のことまで考えている余裕などないのだ。

「それで……ヴィオラ、今後のことだが」

「？　はい」

自分の今後を考えて憂鬱になっていると、父が気まずげな顔で私に言った。

「……その、だな。お前もこうして婚約者ができたのだ。……だから、アルバート殿下にお会いするのは……」

「そう、ですね」

父の言いたいことを理解して頷いた。

これまで父にはアルバートと会うことを黙認し続けてもらってきた。

だが、それが破格の対応だったのは分かっている。婚約者が決まった今となっては、見逃すこともできないのだろう。それは当然のことだ。

――まあ、普通はそうだよね。

婚約者のいる身で、他の男性とふたりきりで会うなど許されるはずがない。

まさかこのタイミングで婚約者を与えられるとは思わなかったが、ちょうどいい機会だと思うしかないだろう。

アルバートとは距離を置こう。これから私たちは、悪役令嬢と悪役王子として活躍（？）しなければならないのだから。攻略キャラの婚約者を与えられたところから見ても、それは間違いないと思う。

つかの間の自由は終わり。これからいよいよゲームが始まっていくのだ。

「明日、殿下にお会いする時に、もう会えないとお伝えします」

きっぱりと告げると、父は安堵したように頷いた。

「そうだな、それがいい。……お前がいなくなって殿下もお寂しいかもしれないが、そろそろお前も殿下も適齢期。いつまでも妙齢の男女が一緒にいるわけにはいかないからな」

「はい」

「お前が物分かりのいい娘で良かった。ああ、そうと決まれば、今夜はお祝いだ。料理長を呼んで、祝いの料理を作らせなければな！」

父が嬉しそうにソファから立ち上がる。母も私の嫁ぎ先が決まってホッとしたのだろう。柔らかい笑みを浮かべていた。

そんなふたりを見ながら私は、さて、明日はどう言ってアルバートを納得させようかと思案していた。

◇◇◇

「アルバート、話があるの」

次の日、いつも通りにアルバートの元へと向かった私は、離宮に着くなり彼に言った。

「どうした、いきなり。せめて茶の一杯くらい飲んでからというわけにはいかないのか」

立ち止まった私をアルバートが訝しげに振り返る。私は申し訳ないと思いながらも頷いた。

今日は話をしたらすぐに帰ろうと思っているのだ。お茶を飲んでゆっくり……なんて考えていない。アルバートと長く一緒にいればいるだけ話しづらくなると分かっていた。

アルバートは私の初めての友達。本音を言えば、私だって彼と離れたくなんてないのだ。

「うーん、できるだけ早く聞いて欲しいんだよね」

「珍しいな。そんなに重要な話なのか？」

「うん」

頷くと、アルバートは顎で話の先を促した。

「話してみろ」

「いいの？」

「重要な話なんだろう？」

聞いてくれるらしいと分かり、それならと口を開いた。

「えっとね、私婚約者ができたんだ。だからアルバートに会うのは今日で終わりにしようと思って」

「は？」

思いきり睨み付けられた。ダウナー系の美形がすごむとものすごく様になるというか、普通に怖い。

「いやいやいや、睨まないでよ」

「お前がおかしなことを言うからだ」

「おかしなことなんて言ってないって。昨日、お父様に婚約者ができたって言われたから、アルバートにはもう会えないってだけ。普通でしょ？」

「婚約者、だと？」

「うん」

肯定すると、アルバートの顔が更に怖いものになった。般若や鬼を思い出すような恐ろしさだ。

「えーと、アルバート、落ち着いて」

「これが落ち着いていられるか。お前が婚約？　結婚するのか？」

「まあ、婚約したなら普通は結婚するんじゃない？　お父様が決めたことだし」

私の場合は確実に婚約破棄されると思うが、それを言ったところで理解してもらえるわけもないので黙っておく。

「お前が、結婚する？　オレ以外と？」

「何言ってるの。そりゃそうでしょ。アルバートは別に恋人とか婚約者ってわけではないんだし」

私とアルバートはただの友人だ。

それなのに、まるで私が不貞を働いたかのような顔で問い詰めてこないで欲しい。

呆れたように言うと、アルバートは俯き、ぶつぶつと呟き始めた。

「いやだって、今のオレでは……もう少し時間があればオレがヴィオラを……どうして今なんだ、早すぎる……」

「えーと、アルバート？」

私がいるのにひとりの世界に入らないで欲しい。声を掛けると、アルバートはハッとしたように顔を上げた。

「なんだ」

「なんだじゃないって。とにかくそういうことだから。別にアルバートが嫌になったとかじゃないよ。ただ、婚約者がいるのに別の異性と会うっていうのは、私もさすがにどうかと思うから」

「それは分かる。だがオレは……。そうだ、お前は嫌じゃないのか」

「ええ？　嫌っていうか……貴族の結婚ってそういうものでしょう？」

「オレは嫌だ」

きっぱりと言い、私を真っ直ぐに見つめてくるアルバートに心が揺れる。いや、揺れても何もできないのだけれども。

しかし参った。さくっと話を終わらせようと思ったのに、アルバートが予想外に駄々を捏ねるせいで思った以上に時間が掛かっている。

私は彼に言い聞かせるように言った。

「あのね、そんなこと言われても困るっていうか」

「嫌なものは嫌だ。その婚約者とかのせいでお前と会えなくなるなんて耐えられない」

「そりゃ、私もできれば婚約者なんて遠慮したいけど、お父様が決めたことに逆らえないのはアルバートだって分かるでしょう？　私が嫌だと言ったところで、意見なんて聞いてもらえない。そういうの、アルバートの方がよく知ってるんじゃない？」

「……それは」

アルバートが言葉を詰まらせる。

現在、王妃のせいで不遇な目に遭っている彼には、思うところがありすぎたのだろう。

どうやら分かってくれたらしいとホッとし、アルバートに言う。

「だからね、こうやって会うのは今日が最後」

「……」

「あなたと会えて良かったって思ってる。できればもう少し一緒にいたかったけど、それは許してもらえないから」

「……ヴィオラ」

何も言ってくれないのかと思っていると、名前を呼ばれた。彼の目を見る。私が大好きな赤い瞳が潤んでいた。

「何？」

「お前の言い分は分かったし、オレではお前を引き留められないこともよく分かった」

「うん」

「だからせめて最後にひとつ、オレの願いを聞いて欲しい」

「願い？」

首を傾げる。アルバートは真剣な顔で私を見つめていて、彼が本気で言っていることが分かった。だから頷く。

「いいよ。私にできることなら」

彼が何を望むのか分からないが、多分、この先彼に会うことはないだろう。

だってこれからゲームが始まる。悪役令嬢の私と悪役王子の彼は、接点がどこにもないのだ。私の知らない間に彼は処刑され、私は婚約破棄からの国外追放。

交わるところはどこにもない。

本当に、これが最後なのだ。

それが分かっていたから、多少無理なお願いだろうと聞いてあげたいと思っていた。

「何？　言って」

「……唇にキスさせて欲しい」

「えっ」

パチパチと目を瞬かせる。

「キ、キス？　唇に？」

「ああ」

アルバートを凝視した。

唇へのキス。

それは今まで私と彼が暗黙の了解で避けていたもの。

私たちは恋人ではないのだからと、お互い変な勘違いはしないようにと敢えてしてこなかった。

挿入と同じで、ある意味最後の線引きだったのだ。それをアルバートが強請ってきたことに驚いた。

「……いい、けど」

驚愕しつつもなんとか返事をする。

嫌だとは思わなかった。ただ、吃驚しただけ。

首を縦に振ると、アルバートが近づいてきた。

「……目を瞑ってくれ」

「う、うん」

キュッと目を瞑る。初めてのことに心臓がバクバクしていた。アルバートに触れられた時だってここまで緊張しなかったかもしれない。

空気が震える。ややあって、唇に柔らかいものが押し当てられた感触がした。

「……」

触れ合いは一瞬で、すぐに熱は離れていった。

目を開ける。アルバートはじっと私を見つめていた。

「──絶対に、迎えに行く」

「アルバート……？」

ポカンと彼を見返す。アルバートは拳を握りしめ、絞り出すような声で言った。

「今は確かに無理だ。オレにはなんの力もない。お前を引き留めることはできないだろう。だが約束する。力を付けて、お前がその婚約者と結婚してしまう前に、絶対に迎えに行くと」

「な、何を言って……」

「だから、離れるのは今だけだ」

そうして私に背中を向ける。その行動から、「もう帰れ」と言われているのだと察した私は、無言で離宮の出口に向かった。そんな私に声が掛けられる。

「ヴィオラ、オレを忘れるな」

切なげな声に、思わず足を止めそうになったが堪える。

何故だろう。

我慢しないと声を上げて泣いてしまいそうな気がした。

──忘れられるわけ、ないじゃない。

心の中で返事をする。

迎えに行く、なんて言っていたが、それが不可能であることは分かっている。

何せこれから彼はクーデターイベントを起こすのだから。そして処刑されるのがこのゲームにおける彼の役目。これが今生の別れ。もう二度と会えない。

迎えになど来られるわけがないのだ。それは分かっているのに。

「私って、馬鹿よね」

アルバートともう一度会えることを期待している己に気づき、そのあまりの愚かさに泣きたくなった。

第三章　悪役令嬢と悪役王子

アルバートと会うことを止めてから、一年が過ぎた。

あの別れの日から一度も、彼とは顔を合わせていない。元々彼は隠された王子だ。基本離宮から出ない彼とは、会おうと努力しない限り、姿を見ることはない。

それを寂しいと思うと同時に、私はどこかホッとしている自分に気づいていた。

――今アルバートの顔を見たら、全部捨てて一緒に逃げようって言ってしまうかもしれない。

言ったところで、実現できるはずもないのは分かっているけれど。

彼が王子という立場であることは、たとえ皆から蔑まれていても変わらないし、そもそも離宮から出られない。私だって家出するほどの勇気はない。

何せ、侯爵家で蝶よ花よと育てられた箱入り娘なのだ。家を出たところで自活できるような知識はない。平民の常識すら知らないような私が生きていけるほど世界は甘くないことを知っている。

それはアルバートも同じ。迫害されていようと王子は王子。使用人がいる暮らししか経験のない彼と私がふたりで逃げたところで生きていけるとは口が裂けても言えなかった。

そう、逃げられない。私たちは最初から詰んでいるのだ。

何度かアルバートにクーデターの話をして、悪役王子の座から逃れさせてみようかと考えたこともあるけれど、結局意味がないなと諦めた。

何せ私という前例がいる。

いくら頑張っても、私は噂ひとつ消すことすらできなかったのだ。彼も同じようになるだろうことは予想できる。それに未来のイベントの話をしたところで、「頭がおかしい女だ」と思われるのが関の山だ。

この世界はゲームで、自分たちは悪役だからイベントを回避しようなんて言われて誰が信じるものか。

私だって、そんなこと言われたら、その人物と距離を置く。危ない人間には近づかないでおこうという当然の判断によって。

そういうわけだったから、私はアルバートにゲームの話は何もしなかったのだ。

何も語らないまま彼から離れ、父の言う通り、エミリオと婚約した。

「はあ……」

この一年のことを思い返しながら、自室のソファに座った私は特大の溜息を吐いた。

私が手に持っているのは、婚約者の家から送られた夜会の招待状だ。

美しい装飾が施されたカードには、ピアズ公爵家主催の夜会が行われることと、その日付と時間が記載されている。

カードを摘まみ上げながら、もう一度溜息。白いカードは上品だったが、私には地獄への招待状にしか見えなかった。

「いよいよ、来たんだ」

ゲームにおける大きな分岐点のひとつ。婚約破棄イベント。

それがこの夜会で行われることは分かっていた。

何せ、条件が揃いすぎている。

まず、私と婚約したエミリオ・ピアズ公爵令息が私を蛇蝎《だかつ》の如く嫌っているということ。

彼とは婚約してから何度も会っているが、まともな会話を一度もしたことがない。

何せ彼自身は私と婚約したことが非常に不本意だったらしく、最初から好感度が底辺を這っていたからだ。

悪い噂の絶えない女。彼からは、父親の命令だから受け入れたが、隙さえあればいつでも婚約破棄してやるぞという強い意志を感じた。そんな状態なので、仲良くなることなどまず不可能。

話し掛けようとすれば睨まれ、舌打ちをしながら去っていかれるのだ。コミュニケーションなど取れるはずもない。

そんな彼には最近、恋人ができた。最近といっても、もう三ヶ月くらいは前の話になるが、それが私の言う条件ふたつめである。

私も何度か夜会やお茶会で会った。

カノン・ラズベリーという名前の伯爵令嬢。

黒髪でやや可愛いよりではあるが特筆するところのない平凡な容姿。彼女こそがゲーム『ノーブル★ラヴァーズ』におけるヒロインなのである。

最初に出会った時には、本気で悲鳴を上げそうになった。

ゲームが始まってしまったと、一週間くらい寝込んだし、これからの自分の役割を考え、泣きたくなった。

ゲーム通りに進めるのなら、私はこれからヒロインを虐めなければならない。

原作で描かれていた通りの高慢な女として、彼女を攻撃しなければならないのだ。

だが、そんなことしたくなかった。

そもそも私にはカノンを虐める理由がない。

ゲーム内でのヴィオラがカノンを虐めたのは、カノンとエミリオの仲が良くなっていることに嫉妬したからだ。そこから彼女の攻撃はエスカレートし、最終的に婚約破棄へと繋がっていくのだが……私はエミリオとカノンがイチャイチャしようがどうでも良かったし、そんなふたりを見ても実際何も思わなかった。

だから放置したのだ。

イチャつきたいのなら勝手にしてくれと、悪役令嬢の役目を放棄した。

私に付き纏う噂と一緒だ。どうせ何もしなくても、イベントが起これば私は勝手に舞台に上げられる。そういうものだと理解していたからだ。

――婚約破棄でもなんでもされてあげるから、それまでの間くらい平和でいさせてよね。

そんな冷めた気持ちでふたりから距離を取った。

関わろうなんて微塵も思わなかった。

とは言っても、私は形だけとはいえ、エミリオの『婚約者』。

嫌でもふたりの話は耳に入ってくる。

そうして聞かされたのが、エミリオとカノンが恋人同士になったという事実であった。

正直に言って、初めてその話を聞いた時は驚いた。

まさか、本当にヒロインがエミリオと恋人になるとは思っていなかったからである。

ゲームの話だが、エミリオルートで最も大事なのは、彼の「恋人」という立ち位置になることだ。

これがグッドエンドやハッピーエンドへのフラグになっていく。

エミリオルートは、選択肢ひとつ間違えただけでバッドエンド直送の難しいルートだから、私は素直にヒロインを称賛した。すごいなと感心した。もし私がヒロインだったらエミリオなんて絶対に選ばないし、そもそも恋人になれる気すらしないからだ。どの選択肢を選べばいいかなんて覚えていないし、ゲームでも、何故かやたらとバッドエンドに行く確率が高かったのだ。グッドエンドに辿り着くのは、いつも全てのバッドエンドを埋めてからという体たらくぶり。これがわざとでないというのだから、いかに私がゲーム下手であるかが窺い知れる。

それに比べてヒロインはどうだ。数ある選択肢、その中の正解を引き続け、見事エミリオと恋人になったのだ。凄まじすぎる。

よほどエミリオのことが好きだったのだろう。私にとっては碌に話もしないクズのような男だが、外見だけは抜群にいいし、カノンにとっては優しい男なのかもしれない。ヒーローがヒロインにだけ優しいのは乙女ゲームの鉄則なのだ。

——あんな男、こっちから願い下げ。婚約なんていくらでも解消してあげるのに。

親同士の約束で結ばれた婚約なので、相手がよほどのミスを犯さない限り、個人の意思で解消することは難しい。

たとえば私が不貞行為を働いた、とか。

ちなみに男側に、その理由は適用されない。この国は、男にのみ愛人の存在が認められているからだ。その女を自分の愛人にすると言えば、それで許されてしまう。

だから婚約者がいようと、別の女性と恋愛できる。全く男に都合のいい、腐った社会だ。

まあそれは、今はどうでもいい。

私が招待された夜会こそがイベント発生の場であると確信した最後の条件、こちらの方が今は問題。

招待状にはこう書かれてある。夜会はピアズ公爵家で開かれると。

ゲームで婚約破棄イベントは、婚約者の家が開く夜会で行われるというのが決まっているのだ。

エミリオがヒロインと恋仲になって約三ヶ月。

ふたりの仲が順調なのは風の噂で知っているし、時期的にも間違いないと思うのだ。

大体、この三ヶ月。私は一切夜会の類いに出席していない。

婚約者であるエミリオは、色んな夜会に引っ張りだこだというのに、である。

それがどういう意味なのかと言えば、エミリオは己のパートナーとしてカノンを連れていっている、ということ。

婚約者を蔑ろにして、恋人と楽しく夜会デート。気持ちも盛り上がり、そろそろ本格的に婚約者が邪魔になってきた頃合。

何か適当な理由を付けて、婚約を破棄しよう。そう考えるのに十分な時間が経ったと言えるのではないだろうか。

「ゲームと合わせるなら、そんな感じが妥当だよね」

ゲームのヴィオラがやってきたことを思い出す。

エミリオを取られたと思ったヴィオラは、カノンをそれはもう虐めまくっていた。ドレスにワインをぶっかけるくらいは序の口。カノンに恋心を抱いていた男を口八丁で転がして、襲わせる……なんてことも平然とやってきた。

もちろんバレたら終わりだということはヴィオラだって分かっている。彼女なりに慎重に、婚約者に見つからないように上手くやっていたのだが……そこはやはり悪役令嬢。詰めが甘く、最後はヒーロー役であるエミリオに見つかり愛想を尽かされてしまうのだ。

夜会の場で己が今までしてきた悪事をつまびらかにされる悪役令嬢ヴィオラ。

ヒーローに守られ、その腕の中で安堵のあまり泣くヒロイン。

ヴィオラは最後まで自らの行いを否定するが、結局は婚約破棄を突きつけられ、エミリオに見捨てられる。そうしてヴィオラがその場から退場したあとは、カノンが新たな婚約者となる……と、ゲームではそんな感じだった。

「で、私は己の悪事の責任を取る形で国外追放、と」

ヴィオラがどこの国に行ったかまでは描かれていなかったが、まあ、隣国くらいが妥当だろう。何故なら隣国にはヴィオラの叔母がいるからだ。

叔母は隣国ウェリスの商家に嫁いだ。きっと彼女を頼ることになるだろう。

「隣国で再出発、か。そこから新たな人生計画を練るかなあ……」

私はお役御免。この国を出てしまえば、もう私がゲームに悩まされることはない。

ヒーローとヒロインは勝手にくっつけばいいいし、国がどうなろうと私の知ったことではない。

「やっと、私の人生が始まるんだ……」

招待状を握りしめる。

悪役としてゲームの表舞台に立たされる気持ち悪さはあったが、それ以上にそのあとに続くはずの自由が欲しかった私は、素直に招待に応じることを決めた。

◇◇◇

夜会当日。

私は招待状に書かれてあった時間ぴったりに、ピアズ公爵家へと辿り着いた。

馬車を降りる。

当然のことながら、エスコートしてくれる人はいない。

向こうから招待してきたくらいなのだから、婚約者としての義務くらい今夜は果たすだろうと思ったが、エミリオが現れることは終ぞなかった。

婚約者が来ないことに気づいた両親は、今からでもエスコートしてくれる人を探そうとしてくれたが断った。何せ今日の私の役どころは『悪役』。

その悪役のエスコート役など可哀想すぎて、頼むことなどできないと思ったからだ。

――どうせ今日は夜会どころではないしね。

憂鬱な気持ちで公爵邸を見上げる。今日の夜会は公爵邸の一階にある広間で行われるのだが、外にまで参加者の話し声や音楽が聞こえてくる。

「……」

馬車を降りてから一歩も動かない私を、周囲の人々が訝しげな顔で見ながら通り過ぎていく。中には顔を歪める人もいて、私の悪名を思い出しているのだろうなと簡単に想像がついた。

――こんなところでぼんやりしていても仕方ない。中に入ろう。

断罪される覚悟はとうに決めてきた。キュッと口を引き結び、公爵邸に入る。

この日のために用意したのは真っ赤なドレスだ。襟ぐりが大きく開いた身体の線が強調されるこのドレスは、ゲーム内でヴィオラが着ていたものと同じ。

せっかく悪役令嬢としてゲームに参加するのだ。ひとつくらい合わせてみてもいいだろうと思い、わざと用意してきた。

裾に黒のレースがたっぷりと使われたドレスはとても強気で如何にも悪役令嬢らしく、着ると勇気が湧いてくる。

大きな黒い宝石のネックレスに、同色のこれまた派手なイヤリングが耳に輝く。髪は大胆に結い上げ、後れ毛を上手く使って色気が出るように工夫した。化粧もできるだけ強そうに見えるよう仕上げてもらった。黒いレースの手袋とクジャクの羽が使われた扇子。装備だけなら悪役令嬢として完璧だ。

コツコツとヒールの音が鳴る。

惨めな女にはなりたくないので、できるだけ姿勢を伸ばした。最後まで格好良くありたい。そう思っていた。

「あら……」

「まあ……まさかこんなところにまで顔を出すなんて」

「彼女には常識というものがないのか」

会場に入るや否や、好奇の視線に晒される。中には分かりやすい厭味を聞こえるように言ってくる者もいて、苦笑しそうになった。

――ここにいる全員が、私の悪い噂を信じているんだろうな。

悪意が籠もった視線は決して心地よいものではない。

それでも、絶対に負けたりするものかという気持ちで真っ直ぐに立った。

着飾った男女たちが踊るダンスホールを眺める。公爵邸自慢の夜会会場は豪奢な造りで、黄金に輝いていた。自分が場違いに思えて仕方ない。

「……ヴィオラ、来たのですか」

「エミリオ様」

じっとしていると、声を掛けられた。視線を向ける。そこには私の婚約者であるエミリオがいた。隣にはヒロインであるカノンが立っている。

エミリオは彼女の腰に手を回しており、ふたりの距離の近さがよく分かった。

私とは正反対の可愛いドレスに身を包んだ彼女は、私と目が合うとにっこりと笑う。

「お久しぶりです、ヴィオラ様」

「ええ、そうね」

こちらも微笑みを返す。私が笑ったことが気に入らなかったのか、カノンは眉を寄せた。

その仕草に違和感を覚える。

――あれ。

ヒロインのカノンはそんな仕草をする子だっただろうか。

カノンは素直で誰にでも優しい、まさにこれぞヒロインといった性格だったはず。

内心首を傾げていると、エミリオが嫌そうに言う。

「まさか、本当に来るとは思いませんでしたよ」

「ご招待をいただきましたので。お断りするような失礼な真似は致しませんわ」

「図太い神経の持ち主でびっくりしますよ。……まあ、いいでしょう。来てもらわないとこちらも困りますから。おかげで、私唯一の汚点を晴らせる機会を得られそうです。その点においてのみは感謝しますよ」

心底嫌そうな顔をしながら、エミリオが己の眼鏡に触れる。潔癖症の気がある彼は白の手袋を嵌めていた。黒の夜会服と相まってよく似合っている。

同じく黒の長髪は、今日は後ろでひとつに纏められていた。

カノンがニコニコと笑いながら言う。

「エミリオ様。もう、行きましょう?」

「ええ、そうですね、カノン。……ヴィオラ、夜会には最後まで参加するように。分かりましたね」

「はい」

おそらく、最後に婚約破棄イベントが起こるのだろう。それを察しながらも頷いた。

どうせ私に逃げる機会など与えられるわけがないし、逃げたところでどうにかなるものでもない。変に先延ばしにしても辛いのが後回しになるだけ。嫌なことはさっさと済ませたい派の私は、大人しく断罪を受けることを決めた。

「分かりました。今夜は最後まで参加すると約束します」

「結構」

見下すような視線を向けられ、深々と頭を下げた。コツコツと音がし、エミリオたちが去っていく。顔を上げると、ちょうどヒロインであるカノンが振り返り、私を見ていた。

――あ。

まるでざまあみろとばかりに笑った彼女を見て、察した。

どうやら彼女も私と同じ存在のようだ、と。

私と同様で転生者。しかもここが『ノーブル★ラヴァーズ』の世界だと理解しているタイプだ。

「そっかあ。……ヒロインも転生者かあ……」

小さく溜息を吐く。もしかしてそうかもとは薄々感じていたが、今の表情で確信した。

あんな顔、本物のヒロインなら絶対にしないし、あのくそ難しいエミリオルートのハピエンフラグを立てられたところからも、彼女は完璧なゲーム知識を持っていると窺える。

そして、正しく私を悪役令嬢と認識しているのだ。

とはいえ、何ができるわけでもない。

彼女はヒロインで私は悪役令嬢。その立ち位置は変わらないからだ。

「せいぜい格好良く、退場しよう」

きっと見苦しく足搔けば足搔くほど、皆を喜ばせてしまうから。

それはとても腹立たしいなと思うから、せめて矜持だけは最後まで持ち続けていたいと思った。

◇◇◇

「ここでひとつ、皆様に聞いてもらいたいことがあります」

夜会も後半に差し掛かり、皆がリラックスして雑談をしていた頃、突然、会場の中央に立ったエミリオが声を張り上げた。その隣にはヒロインであるカノンが寄り添っている。

彼女は俯き、悲しげな表情をしていたが、先ほどの顔を知っている身としてはあれは作り物であると一目で分かってしまった。

——いよいよ。婚約破棄イベントの始まりか……。

ゲームを思い出す。

ゲームでも確か会場のど真ん中で断罪は行われていた。ヴィオラのこれまでの悪事を暴くシーンでは各ヒーローごとにヴィオラを弾劾するスチルがあり、これが『ノーブル★ラヴァーズ』において絶対外せない重要イベントという扱いであることがよく分かる。

そのスチルのヒーローはどれも格好良く、プレイヤーに人気のスチルだった。ご多分に漏れず私も好きだったのだが——裁かれるのが自分だと考えるとやってられないと思ってしまう。


止まらない溜息を吐いていると、エミリオが声高に言った。

「私には、父が決めた婚約者がいます。あの悪名高きヴィオラ・ウェッジソーン侯爵令嬢。彼女の噂は私もよく知っていましたが、しょせん噂は噂。定められた婚約に不満はなく、期日を迎えれば結婚する心づもりでおりました」

朗々と告げるエミリオ。そんな彼に、周囲は拍手を送る。

彼の悲愴なる決意に乾杯といったところだろうか。だが、こちらとしては白けてしまう。何故ならエミリオに私と婚約を履行するつもりはなかったと知っているから。

会っても碌に話もしない。私を遠ざけ、新たに恋人を作る。そんな男が、本気で婚約を履行するだろうか。あり得ない。

彼が今こんなことを言っているのは、自分の株を上げたいからだ。もしくは自分を被害者に、そして私を加害者にするつもりだからだろう。

馬鹿馬鹿しすぎて、鼻で笑ってしまう。

チラチラと皆がこちらを気にしている。私が何か言い返さないかと思っているのだろう。ゲームのヴィオラならそうしたかもしれないが、私は何も言うつもりはない。とりあえず最後まで彼の言い分を聞こうではないかと考えていた。

完全に開き直った私は腕を組み、会場の中心でまるで主役であるかのように振る舞うエミリオを眺めた。

エミリオが芝居がかった口調で言う。

「しかし、先日、とても残念なことが判明しました。ヴィオラが噂通りの人物であったという証明がなされたのです。彼女はここにいる私の恋人、カノンに対して、壮絶な虐めを行っていたのです……！」

皆が一斉にこちらを見る。私はひとり眉を中央に寄せていた。

——虐めなんて、身に覚えがありませんけど？

ヒロインとは何度か会ったが、その全てはエミリオと一緒の時だった。彼女を虐められるはずがないのだ。

なんだこの茶番と思っていると、エミリオの隣にいたカノンがわっと両手で顔を押さえる。

そうして続けられた台詞は、ゲームでヒロインが言った言葉と寸分違わぬものだった。

「ヴィ、ヴィオラ様は……私に嫉妬したんです……！　私が、エミリオ様に愛されているのが腹立たしいのだと……」

「……ごめん、さすがにそれはないわ」

黙っているつもりだったが、つい心の声が漏れてしまった。

確かにゲームのヴィオラはヒロインに嫉妬し、彼女を虐めまくっていた。だけど私はエミリオに興味自体なかったし、ふたりの邪魔をしたことだって一度もない。

それなのに、まさかゲームと同じ台詞を言ってくるとは思わず、唖然としてしまった。

「……私、そもそもあなたとふたりきりになったことがないと思うけど？」

「う、嘘を吐かないで下さい！　エ、エミリオ様。ヴィオラ様は嘘を吐いているんです。私は、本当にヴィオラ様に……」

焦った様子でエミリオに縋り付くカノン。エミリオはカノンが頼ってきたのが嬉しかったのか、目を細めて頷いた。

「分かっていますよ、可愛い人。あなたが嘘を吐くはずないではありませんか。それにヴィオラには酷い噂が山のようにある。取り巻きに命じて、下級貴族の令嬢を虐め、外に出られないほどのトラウマを植え付けたとか、その美貌に惹かれ寄ってきた男たちを弄んで捨てたとか、父親が援助している孤児院の子供たちを虐待しているなんて話も聞きます。きっと、それが彼女の本性なのでしょう。そんな彼女と愛しいカノンのどちらを信じるかなんて明白。私はあなたを信じますよ」

「エミリオ様……！　嬉しい」

安堵の表情を浮かべるカノン。周囲も微笑ましいものを見た顔で、拍手を送っている。

これは完全に私が悪者の図だ。

——まあ、分かっていたことだけど。

私に与えられた役割は悪役令嬢。真実など誰も必要としていないのだ。悪役らしい噂さえあれば十分で、私がいくら違うと叫んでも誰も聞いてはくれない。

うんざりした気持ちで茶番を続けるふたりを見つめる。

私を貶めたいのはよく分かったから、さっさと今回の目的である婚約を破棄してはくれないだろうか。

エミリオはまだ私の悪事（無実）を言い立てており、婚約破棄を告げるまで時間が掛かりそうだ。疲れた気持ちで天井を見上げる。

ふと、アルバートのことを思い出した。

——アルバート。

まだ何も情報は来ていないが、時期的に多分クーデターイベントは終わったのだと思う。

この辺り記憶が定かでないのではっきりとは言えないのだが、私の婚約破棄イベントよりも先にアルバートのクーデターイベントがあったようななかったような……とにかくそんな感じなのだ。

そして、クーデターイベントが終わっているのなら、アルバートはすでに処刑されたのだろう。

クーデターに失敗したアルバートは、その場で兵士たちに、首をはねられたのだから。

……王妃の命令によって。

最後に会った時、迎えに行くと言ってくれた彼を思い出す。残念ながら約束が果たされることはなかったが、その言葉を言ってくれたこと自体はとても嬉しかった。

——もう、アルバートに会えないんだな。

あれが最後の別れになることは分かっていたはずだ。私なりに覚悟だってしていた。だけど今、彼がもういないのだと思えば、言い知れない寂しさに襲われる。

彼も私と同じ。

ゲームに翻弄された者同士。彼は処刑され、私は国外に追放される。

なんてむごい結末なんだろう。

幸せになれるのはヒロインと、ヒロインに選ばれたヒーローだけ。あとの面子は、ふたりの幸せの踏み台となる。主役のカップル以外がどうなろうと興味もないのだ。

自分がプレイヤー側だった時は気にも留めなかったエグすぎる事実に気づけば、苦笑するより他はなかった。

——まあ、普通は気づかないよね。私だってゲームをしていた時は、悪役の行く末なんてどうでもよかったもの。

残酷だ、なんて言えるのは、今私がその位置に立たされているからに過ぎない。そんなこと分かっている。結局、私が取れる手段なんて、諦めることだけなのだ。

──後は野となれ山となれ。国外追放されたあとのことでも考えようっと。

どうせ逃げられないのだ。こうなれば、さっさと決定的な言葉を告げて欲しい。そう思い、エミリオたちを見つめる。私の視線に気づいたエミリオが勝ち誇ったような顔で笑った。

そうして私に指を突きつけ、高らかに告げる。

「いくら婚約したからと言って、こんな最低女とは結婚できません。私はここに、ヴィオラ・ウェッジソーン侯爵令嬢との婚約を破棄することを宣言します！」

うおおーっと歓声が上がる。この場にいるほぼ全員が彼の決断を支持していた。

最低女との婚約を破棄すると決めた彼を、皆が祝福する。

皆に囲まれたエミリオは実に誇らしげに笑っていた。それらを見て、自分がひどく安堵していることに気づく。

──あれ？

婚約破棄を告げられるのだ。きっとそれなりにショックを受けるだろうと覚悟していたのに。

どうやら私は、悪役から解放されることが相当に嬉しいらしい。だけどそれも当たり前だろう。エミリオには忌み嫌われ、会話すら碌にしていない状況。しかもその当人は新たにできた恋人とよろしくやっている。それでこの男に縋ろうなんて、普通に思わない。

むしろ清々する。

「黙っていないで、なんとか言ったらどうなんです」

喜びを噛みしめていると、何も反応しない私が気に食わないのか、エミリオが威圧的に問い詰めてくる。その隣にいるカノンも私が何を言うのか、ワクワクとどこか楽しそうだ。きっとゲームのイベントだと思って楽しんでいるのだろう。

婚約破棄イベントは、このゲームの見所のひとつだから、彼女の反応も理解できるが、私はゲームキャラではなく生きている人間だというところに気づいて欲しいところだ。

あと、悪役令嬢がするようなことを何ひとつしていないというところにも。

まあ、ゲームを楽しんでいる彼女にそんなことを言っても意味はないだろうし、言う気もない。私はこうして悪役としての役目を果たした。さっさと私兵を呼ぶなりなんなりして、私を摘まみ出せばいい。

そう思いつつ口を開く。何か言えと言われたので、最後に一言くらい文句を言うかと思ったのだ。

「私は――」

「お前が要らないというのなら、オレがもらおう」

「え？」

聞き覚えのある声が、耳を打った。

ざわりと場内が揺れる。思わず声が聞こえた方向に目を向けた。

「は……嘘、でしょ？」

そこにいたのは、もう死んでしまったはずのアルバートだった。

一年ぶりに見た彼はしゃんと背筋を伸ばし、今まで一度も見たことのない、王子らしい華やかな服を着ていた。

銀糸で刺繍が施された深い赤色のジュストコールがよく似合っている。白いクラヴァットを赤い宝石で留めているのがとても印象的だった。以前の彼なら絶対にしなかったお洒落だ。

前も格好良かったが、一年が経ち、子供っぽさがすっかり抜け、精悍な顔つきになっている。相変わらずダウナーな雰囲気が漂ってはいたが、その目には以前にはなかった力があった……というか、長かった前髪がすっきりとしていた。

王妃に見たくないと言われて隠していた赤い瞳を、彼は堂々と衆目に晒していたのだ。

「アルバート……」

あまりの彼の変化に目を丸くする。私の視線に気がついたのか、アルバートがこちらを見た。目が合う。

「迎えに来たぞ、ヴィオラ」

「っ……」

優しく微笑まれ、言葉に詰まった。なんと返せばいいのか分からなかったのだ。

返事もできず、ただ彼を凝視する私を見た彼は、なんだかとても楽しげに笑い、「少し待っていろ」と言った。

そうして、エミリオに目を向ける。

「さて、さっきの話だが。お前はヴィオラと婚約破棄をしたい。そうだな?」

彼の視線を受けたエミリオが気圧されたように一歩後ずさる。

彼もさすがにアルバートの顔は知っていたのだろう。すぐにその名前を口にした。

「……アルバート殿下」

エミリオの言葉を聞き、皆がギョッとした顔をする。エミリオを囲んでいた者たちが、即座にアルバートのために道を空けた。

ふたりの間には何もない。エミリオと相対したアルバートはゆっくりと彼に近づいていく。

「もう一度、聞こう。お前にはヴィオラとの婚約を破棄する意思がある。そうだな?」

誰も何も言わない。いや、言えないのだ。誰もが口を噤み、静まり返った会場内にアルバートが歩く靴音だけが響いている。感情の籠もらない声には妙な圧力があり、話し掛けられているのが自分ではないと分かっていても怖かった。

自分が気圧されていることに気づいたのか、エミリオが悔しげな顔をしつつも声を張り

上げた。

「……ええ。その通りですよ、アルバート殿下。それが何か?」

「そうか。ならば最初に言った通り、オレが彼女を貰い受けても構わないな?」

その瞬間、皆の関心が一斉にこちらに向いたのを感じ取り、居たたまれなくなった。

好奇の視線に晒され、内心毒づく。

——ちょっと、アルバート! 何言ってるの!

先ほどまでの孤立無援の状況も結構キツかったが、これはこれである意味もっと辛い。

皆が次にアルバートが、エミリオが何を言うのか注視している。これは面白いことになったと思っているのは明らかだった。

アルバートの問いかけに、エミリオが吐き捨てるように言う。

「お好きにどうぞ。私はもう彼女とは関係ありません。……それに、嫌われ者同士お似合いではないですか。皆にいない者扱いされている第一王子。王宮の奥深くに隠れているあなたがどうしてこのようなところに? 陛下や王妃様がお許しになるとは思いませんが——」

「私の兄上に対し、失礼な口の利き方をするな」

悔し紛れに言ったエミリオの言葉に反応したのはアルバートではなかった。広間の入り口からもうひとり、誰かが入ってくる。その姿を見て、ここにいる全員が驚愕した。

エミリオもそれは同じ。目を見開き、その人の名前を呼んだ。

「エイリーク殿下……！」

アルバートの弟であり、この国の第二王子であるエイリークが立っていた。

兄と同じ銀髪だが、短くカットしており、目の色は青い。アルバートとは違い、見るからに性格は明るそうだ。真っ直ぐに前を見据えるその表情から彼が怒っていることが伝わってくる。

アルバートの弟だけあって整った顔立ちをしているが、鍛えているのか体つきはがっしりしている。アルバートと並ぶと、長身の彼より背が高いことに気づく。

腰に剣が提げられていることから、彼が剣士であることが窺い知れた。

「エイリーク殿下。どうしてあなたが、アルバート殿下と一緒に!?」

エミリオの疑問は会場にいる全員が思ったことだった。彼の疑問にエイリークはハキハキと答える。

「私が兄上と一緒にいて、何かおかしいか。それと、良い機会だから皆にはここで言っておこう。この度、兄上が正式に王太子として立つことが決まった。また私は王位継承権を放棄し、臣籍に降ることとなった」

まさに青天《せいてん》の霹靂《へきれき》とも言える言葉に、皆が絶句した。

エイリークが臣籍降下する？　そんなことあるわけがない。

全員の心の声をエミリオが代弁した。

「は……？　エイリーク殿下が王位継承権を放棄？　ど、どうしてですか。そんなこと王妃様がお許しになるはずがありません！」

その通りだ。

混乱しつつも叫ぶエミリオに、私も心の底から同意した。

そうだ。こんな展開あり得ない。王妃はなんとしても自分の息子を王太子にしたいのだ。それが第一王子の立太子を認め、己の息子が臣下に降ることを許す？

世界がひっくり返ろうと起きるはずのない出来事だ。

大体、ゲームではアルバートが処刑されたあと、エイリークが王太子として立っていた。アルバートが生きているのもおかしな話だし、そもそもふたりはあまり接点のない兄弟なので、一緒にいることすら夢を見ているのではと思ってしまう。

愕然とエイリークを見つめる。

何がどうなってこうなったのか。何も言えない私たちにエイリークは朗々と語った。

「――まだ多くの臣民には秘密にされているが、この間、王宮内でクーデター未遂が起こった。そしてその首謀者は母上だった。こう言えば理解できるか」

「っ！」

エイリークが語ったのは、アルバートが処刑されるイベントの話だった。

失敗すると分かって、それでも自らの置かれた現状をどうにかしたくて彼が起こしたクーデター。

ゲームではヒロインやヒーローたちが介入し、解決するという展開になるのだ。

なのに、そのクーデターイベントを起こしたのが王妃その人？

想像もつかない展開に頭がついていかない。

「母上は秘密裏に子飼いの部下を使い、兄上にクーデターを起こすよう働きかけた。兄上はそれを断固として拒否。それに留まらず、ご自分で詳しい調査に乗り出し、首謀者が母上であることを突き止められたのだ。証拠を揃えられた兄上はすぐさま父上に報告し、事が起こる前に母上は捕らえられた。母上はすでに離縁され、実家に帰されている」

「……」

思わずアルバートを見た。

信じられなかったのだ。ゲームイベントは起こっていた。それなのに彼は自らの力でそれを回避した。

クーデターの誘いに頷かず、それどころか己を唆《そそのか》そうとしているのが誰なのか、自らの力で突き止めた。そうして閉じていたはずの未来を切り開いたのだ。

――すごい。

その行動はどうせ努力しても無駄だ、意味がないと諦めきっていた私にはひどく眩しく思えて、なんだか泣きたいような気持ちになってしまった。

――未来は変えられるんだ。

原作強制力があるから、無理なんだと思っていた。事実、私は色々努力したけど何も変えられなかった。だからゲームが終わった先を考えるしかなかったのだ。

だけどここに、己の運命を自らの力で書き換えた人がいる。

ヒロイン役であるカノンの唇が「嘘だ」という風に動いたのが見えた。

彼女も今の状況を信じられないのだろう。

彼女からしてみれば、クーデターイベントは起こらず、なぜか婚約破棄イベントに処刑されているはずの悪役王子がヒーロー然として現れたのだから混乱するのも仕方ないと思う。

夜会の参加者たちも、エイリークの話を聞いて、ざわざわし始める。

王宮で王妃が強大な権力を好き放題振るっていたのは全員が知るところだ。その彼女が離縁され、実家に戻されたと知り、困惑しているようだった。

「母上はどうしても私を王太子にしたかったそうだ。そのため、邪魔な兄上を退場させようと思ったのだと。とても許されることではないし、また余計なことを考えられても困る。それを解決するため、私は王族の身分から離れることを決断した。王位継承権を放棄、臣下に降り、今後は兄上のために働いていきたいと思っている」

そう告げたエイリークの表情はさっぱりとしていて、彼がこの決断を悔いていないことが窺える。

ゲームでも彼は清廉潔白な、正義感の強い尊敬できる王子とあった。そんな彼が己の母親の所業を聞けばどう思うのか。つまりはそういうことなのだと思う。

「数日以内には、正式に発表されるだろう。母のことと私のこと。そして兄上が王太子として立つことが。すでに内々には決まっていること。分かったな？　次期国王たる兄上に無礼があってはならぬ」

エイリークが周囲を見回しながらそう宣言する。ざわついていた場内はいまやしんと静まり返っていた。

自分たちが遠ざけ続けてきた第一王子が王太子になるなど想像もしていなかった。どんな行動を取れば良いのか分からないという顔をしている。

それはエミリオたちも同じのようで、何も言えずただエイリークとアルバートの顔を交互に見ていた。

誰もが動けない中、アルバートが靴音を響かせながら私の方へとやってくる。彼は呆然としている私の腰を引き寄せると、皆に向かって言った。

「オレが王太子になるという話は副産物のようなものだ。オレにはそれよりしなければならないことがある」

「アルバート?」

彼を見上げる。アルバートはチラリと私に顔を向けたが、すぐに皆の方を向いてしまった。

「ここにいるヴィオラ・ウェッジソーン侯爵令嬢のことだ。彼女に関する聞くに堪えない酷い噂があることは全員が知っていることと思う」

「っ!?」

いきなり何を言い出すのか。ギョッとしながらアルバートを見るも、彼はこちらを見てはくれない。

「王宮の奥深くに閉じこもっていたオレでさえ知っていた噂だ。だが、実物の彼女と知り合うようになり、その噂が真っ赤な嘘であることに気づいた」

またざわりと場内がさざめき出す。

「不審に思ったオレは、噂の出所を調べることにした。何、嫌われ者のオレには時間だけならいくらでもあるからな。暇に飽かして調査した結果、ヴィオラの噂はあるひとりの人物が定期的に流していると突き止めた」

「えっ……」

アルバートを凝視する。彼は私をチラリと見ると、勇気づけるように頷いた。そうして大きな声でその名を告げる。

「ジェスリーン侯爵。お前がヴィオラの噂を流していた張本人だな？」

ゆっくりとアルバートがひとりの人物に向かって、指を突きつける。彼が指さしたのは五十代くらいの男性。ぱっと見、礼儀正しい紳士のように見える彼を、驚くことに私は知っていた。

「ジェスリーンおじ様……？」

ジェスリーン侯爵。彼は父の友人で、私が小さな頃からよく屋敷に出入りしていた人物だ。遊びに来る度にお土産を持ってきてくれたことを覚えている。

そんな彼を指さしたアルバートは酷く冷たい顔をしていた。

「お前は、ヴィオラの父親を憎んでいたな？　お前は十年ほど前、とある所領の権利を父上に求めていた。だが、結果としてそれを得たのはヴィオラの父親だった。許せなかったお前は、腹いせに彼の娘であるヴィオラの酷い噂を流し続けたわけだ。噂にヴィオラが病むもよし。碌な結婚相手に恵まれず、不幸になるもよし。そんな娘を見て、父親が苦しむ姿を楽しめれば多少は胸も空く……動機はそんなところだろう？　胸くそ悪くて反吐が出るな」

「……」

侯爵は目を大きく見開き、わなわなと震えていた。皆の問いかけるような視線に気づいたのか、慌てて言う。

「わ、私はそんなことをしていない……！　ウェッジソーン侯爵は友人なんだ。友人の娘にそのような酷い真似を――」

「確かに言われてみれば、私が最初に噂を聞いたのはジェスリーン侯爵からだったような気がする」

「……そういえば、私も」

「定期的に新しい噂を教えてくれたのは彼だったな……」

ひとりが口を開いたことを切っ掛けに、次々と「私も」「私も」という同意が増えていく。

そんな中、私はただ侯爵を呆然と見つめていた。

最近はあまり姿を見ていないが、それでも年に一度くらいは屋敷に遊びに来てくれていた侯爵。彼を私は信頼していたし、とても好きだった。

だけどそんな彼が、噂を流していた張本人だったというのか。

いくら噂を打ち消そうとしても新たな噂が私を苦しめた。それは、彼が次から次へと新たな噂を流布していたからと、そういうことだったのか。

「おじ、様……」

信じられない気持ちで名前を呼ぶ。ハッとしたような顔で侯爵は私を見た。そうしていつもの優しい姿が嘘のような怨嗟の籠もった声で怒鳴った。

「ふざけるな、ふざけるな、ふざけるな！　この私が……こんなことで追い詰められるはずがないだろう。あの土地を最初に欲しいと言ったのは私が先だし、お前についての噂も全て真実！　私は悪いことなど何もしていない!!」

「……エイリーク」

「はい、兄上」

アルバートが不快げに顔を歪め、弟の名前を呼ぶ。エイリークは頷き、連れてきていた兵士を使ってジェスリーン侯爵を拘束した。

「あなたが母上と繋がっていたという話も聞いている。詳しい話は王宮で聞こう」

「ち、違う。私は……！」

「見苦しい。兄上の思い人を貶めておいて、まだ言い逃れができると本当に思っているのか。……連れていけ」

兵士が一礼して、ジェスリーン侯爵を連行していく。ジェスリーン侯爵は最後まで呪いの言葉を吐き散らしていた。

アルバートが「さて」と言いながら手を打つ。皆がその音に気づき、彼に注目した。

「今、皆が見た通りだ。ヴィオラは加害者ではなく被害者。大体、実際に彼女から何かされたという者はいるのか？　噂だけで彼女をつまはじきにしていただけだろう」

「……」

全員が黙り込む。アルバートが皆を見回し、言った。

「分かったな。彼女は無実。あの妙な噂も事実無根。理解したら、二度とふざけたことは言うな」

アルバートの覇気のある言葉に恐れ戦いたのか、全員が思わずといった風に、その場に跪いた。私はといえば、あまりの事態にその様子をポカンと口を開けたまま、見つめるしかできない。

――こんなに簡単なことだったの？

つい、そんな風に思ってしまう。

だって今まで何度も誤解を解こうと頑張ってきたのだ。その度に「何を言っているのか」という目で見られ、逆に暴言を吐かれた。誰も信じてくれないのが悲しくて、泣いてしまった夜もある。

それが第三者の、アルバートの言葉ひとつで解決してしまうのか。

誤解が解けたこと自体は嬉しかったが、それ以上に複雑な気持ちだった。

なんとも言い難い気持ちで彼を見る。私の視線に気づいたアルバートはふっと笑い、実に優雅な仕草で私の目の前に跪いた。

「え……」

彼が何をしようとしているのか分からない。その場から動けずにいると、彼が跪いたまま口を開く。

「ヴィオラ、あの日した約束通り、お前を迎えに来た。ずっと言いたかった。オレはお前を愛している。だからどうかオレの妻となり、死ぬまで側に居てくれないか」

「っ！」

告げられた言葉に息を呑んだ。

『愛してる』という言葉が頭の中をグルグルと回る。

——アルバートが、私のことを好き？

懐かれている自覚はあった。友人として大切に思われているのも知っていた。

だけど、あくまでも私たちの関係は『傷の舐め合い』だと思っていたのだ。

恋愛感情はなく、ただ、お互い寂しいから一緒にいるだけ。そんな風に冷静に判断していた。

最後の別れの時に迎えに行くと言ったのも、仲間と離れる寂しさから出た言葉だと思っていた。

だけど、今のアルバートの台詞は違う。

これは愛の告白であり、プロポーズだ。

驚きのあまり何も言えないでいると、アルバートは胸元のポケットから何かを取り出し、私に向かって差し出してきた。それは綺麗な赤い宝石のついた指輪で、彼が正式に求婚しているのだということが分かった。

この国では、男性は求婚時に己の目の色の宝石がついた指輪を相手に贈る風習があるのだ。

それを女性が左の薬指に嵌めることで、自分には婚約者がいるのだと周囲に知らせることができる。

——えっ、本気？　本気で私にプロポーズしてるの？

真っ赤な宝石がついた指輪をただただ見つめる。

私の左手薬指には指輪はない。

エミリオとは確かに婚約関係にあったが、私を忌み嫌った彼は、婚約の指輪すら贈ることを拒絶したのだ。別に欲しいとも思っていなかったから今の今まで気にもしていなかったが、アルバートの差し出した赤い指輪を見て、唐突に気づいてしまった。

——ああ、私、エミリオに婚約の指輪すら与える価値のない女だと思われていたんだ。

まあ、それは仕方のないことなのだろう。実際、ゲーム内でも悪役令嬢ヴィオラは指輪をもらえていなかった。それなのに、ヒロインであるカノンはヒーローから指輪を贈られ……その事実を知ったヴィオラが彼女を虐めてしまうのも無理はないのかもしれない。

自分がもらえなかった指輪を与えられたヒロインが、ヴィオラは羨ましかったのだ。

ヴィオラは私と違って、ちゃんと婚約者のことが好きだったのだから。

「……」

何も言わず、ただ指輪をガン見していると、焦れたのかアルバートが言った。

「ヴィオラ。返事が欲しい」

「あ……」

その言葉で我に返った。

改めて彼と、彼から差し出された指輪を見る。

指輪を贈ってくるということは、彼は本気で求婚している。それが分かるだけに適当な返事はできないと思った。

「……アルバートは私のことが好きなの？」

「ああ」

「それは同情とか、傷の舐め合いみたいな感情から来たものではなくて？」

どうしても確認したかっただけなのだが、私の台詞にアルバートは分かりやすくムッとした。

「当たり前だ。そんな馬鹿な勘違いをするわけがない」

「えっと……」

「お前は寒さに震えるオレに温もりを与えてくれた。オレが嫌いだったこの目を綺麗だと言ってくれた。いつもひとりで寂しかったオレを見つけ、その心を埋めてくれたのはお前なんだ。そんなお前にオレが惚れるのはおかしいか？」

　真顔で尋ねられ、私はポリポリと頰を掻いた。

　おかしくはない。おかしくはないのだけれど、彼の言葉を聞いていると、やはり刷り込みというか、恋愛感情と混同しているだけではないのかと疑ってしまう。

「ええと、それは同じ苦しみを抱える仲間を放っておけなかったからやったことで、恩を感じる必要はないというか……そもそもアルバートのそれは、恋愛感情ではないと思うんだよね」

「お前をオレだけのものにしたい。ずっと側に置いていたい。オレ以外の男になどやりたくない。オレ以外の男を選ぶと言うのなら、その男を殺してやる。……これだけ聞いてもまだ、お前はオレがお前に抱いている気持ちを愛ではないと言うのか？」

「ひょえっ」

　思っていた以上に重たい答えが返ってきた。いつの間にそこまで思い詰めてしまったのか。全く身に覚えがなかっただけに吃驚だ。

　――わあ……。わあ……。めちゃくちゃ拗らせてる。

　お腹の底が冷えたような気持ちになっていると、アルバートが睨んでくる。

「そうだな。お前が言う通り、これは愛などという綺麗なものではないかもしれないな。これはもっとドロドロとした独占欲であり、執着だ」

「……え、えーと」

「この気持ちを否定すると言うのならオレは――」

「しない！　否定なんてしないから！」

慌てて口を開いた。アルバートの顔がものすごく怖かったのだ。ここで否定などすれば、どんな目に遭わされるのか。想像だけでもゾッとする。

――そ、そっか。アルバートって私のことが好きなんだ……。

しかもかなり重たい感じで。

これだけ聞けば、その気持ちは偽物だなんて言えるわけがない。否応なく理解させられた気分だった。

妙に疲れた気持ちになっていると、アルバートが満足そうに笑う。

「分かってくれたか。それは良かった」

「ウ、ウン」

「で、プロポーズの返事は？」

「あ」

話が振り出しに戻ってしまった。

夜会の参加者たちからの奇異の視線をものすごく感じる。私が次期王太子である彼のプロポーズにどう答えるのか興味津々なのだろう。

「……」

——どうしよう。

アルバートのことは好きだ。大切な友人だと思っているし、プロポーズされたのも嫌ではない。

だが彼のような強い気持ち——恋愛感情は持ち合わせていないのだ。

これは断るべきか。本気で悩んでいると、アルバートが言った。

「悩んでいるのなら、受けてくれないか?」

「え……?」

「お前がオレのことを恋愛の意味で好きではないのは分かっているつもりだ。だが、オレのことが嫌ではない、嫌悪を感じないというのなら頷いて欲しい。これからお前に好きになってもらえるよう努力は惜しまないつもりだし、何よりオレ自身がお前ともう離れたくないのだ」

「アルバート……」

「頼む、ヴィオラ」

懇願するように言われ、心がぐらついた。

アルバートを嫌だなんて思うわけがない。それに、久しぶりに会った彼と離れたくないという気持ちは強かった。もっと色々話したいという思いも大いにあった。

「……分かった」

悩みはしたが、結局私はアルバートから差し出された指輪を受け取った。

アルバートが立ち上がる。嬉しそうに私の手を取り、指輪を左手薬指に嵌めさせた。

「これでお前はオレの婚約者だ。……絶対に逃がさないからな」

「に、逃がさないって、いちいち大袈裟だなあ」

冷や汗が流れる。

もしかしなくても、ちょっと早まったかもしれない。

選択肢を与えているように見せかけて、実はルートはひとつしかありませんでした、みたいなアルバートの言葉に頰が引き攣ってしまう。

だが、指輪が嵌まった指を見つめるアルバートの顔があまりにも嬉しそうなので、それもまあいいのかもしれない。そう、結局、私も嫌ではないのだ。

赤い宝石のついた金の指輪は私の指にしっくりと収まり、まるで以前から嵌めていたような気持ちにさえなる。

婚約者に贈られる指輪。初めて贈られた愛の証。それを見ていると、なんだか心が温かいもので満たされていくようなそんな気がする。

「な、なんで悪役令嬢が幸せになってんのよ！」

「っ……」

夢見心地で指輪を見ていると、エミリオにくっついていたカノンが鬼のような形相で叫んだ。

「わ、私がさっき言ったこと忘れた？　この女は、私がエミリオ様と恋人になったのが悔しくて、たくさん嫌がらせをしてきたの。この女は、自分が良ければそれでいい、最低最悪の女なのよ！　幸せになる価値なんてないんだから！」

告げられた言葉に、アルバートがすうっと目を細める。鋭い視線がカノンを貫いた。

「ほう？　それは一体いつの話だ？　目撃者は？　詳しい話を聞かせてもらおうか？」

詳細を求めるアルバートに、カノンは分かりやすく目を逸らした。

「そ、それは……こ、この女が上手く隙を突いて……！　だから目撃者というのは……」

「日付は」

「そ、それも詳しくは覚えていなくて……でも！　日付なんて覚えていないのが普通でしょう!?」

アルバートの質問に、カノンは明らかに挙動不審になった。なんとか自分に正義があると言い張りたいようだが、それはどう足掻いても難しい。彼女が言うことには無理がありすぎるのだ。

だって基本、屋敷で引き籠もっていた私に彼女を虐めることは不可能だし、今回に限っては彼女の味方になってくれそうな面々もいない。先ほどアルバートは私の無実を突きつけた。次期王太子が無実と言ったのだ。それを否定するだけの力は彼らにはないし、近い未来、国王となる彼を敵に回したいとは思わないだろう。どちらかと言えば、味方をして印象を良くしたいはずだ。

自分の味方が現れないことに焦りを抱きながらも、カノンは気丈にアルバートを睨んだ。

そんな彼女を彼は鼻で笑う。

「貫き通せないような嘘は吐くものではないな」

「な、何よ。私は嘘なんて吐いていないわ。その女がエミリオ様に愛された私に嫉妬して――」

「そもそもそれがおかしい。ヴィオラはその男のことを好きではない。嫉妬して……というのは理由としてあまりにも弱いな」

「嘘っ！　そんなわけない！　悪役令嬢ヴィオラは婚約者のことが好きって決まってるんだから！」

カノンが叫ぶ。確かにゲームではそうだった。それを知っているだけに少し申し訳ない気持ちになる。だけど、さすがにそこは否定しておきたかった。

「ごめん。そこはアルバートの言う通りなの。だって私、最初からエミリオ様には嫌われていたから。自分のことを嫌っている人を好きにはなれないし、そもそも会話も殆どないから人となりを知る機会もなかったというか……」

「はあ？」

信じられないと目を丸くするカノンに肩を竦めて見せる。

「あのね、正直に言うけど、エミリオ様のことなんてどうでもよかったの。婚約破棄もどちらかというとやっとかって気持ちの方が強かったし」

本心を告げると、今度はエミリオが反応した。

「どうでもいい、ですって!?」

「あ、はい」

「この、私のことが？」

思いきり、あり得ないという顔をされた。今まで一度も誰かに振られたり、選ばれないということがなかったのだろうと分かる態度だ。

だが、冷静に考えて欲しい。

確かにエミリオは美形だと思うが、それだけで好きになるはずがないだろう。婚約者としての義務すら果たさず、私を忌み嫌っていたくせに、好かれていると思っていたことが吃驚だ。

「いや……ないですね」

本当に、ない。

真顔で首を横に振ると、私が本心から言っているとようやく分かってくれたのか、エミリオとカノンはショックを受けたような表情を浮かべた。

カノンがふらつきながら呟く。

「嘘。なんで……こんなの、私、知らない……悪役令嬢が悪者じゃなくて悪役王子も生きてて……大事なイベントを全部潰されるとかあり得ない……」

「あー……」

それは本当に申し訳ない。

ヒロインからしてみれば、文句のひとつも言いたくなるだろう。だが、こちらは生死とか、追放とか、色んなものが掛かっているのだ。できれば何も失うことなく終わりたい。

国外追放なんて、本当は嫌に決まっているのだ。それしか選択肢がなかったから諦めていただけで、生まれた国を離れたいなんて思うはずがない。

アルバートが話を纏めるように言った。

「これで、どちらの意見が正しいのか皆も分かったと思う。とんだ茶番だったな。……エミリオ・ピアズ」

「は、はい」

アルバートの呼びかけに、エミリオが反射的に返事をする。先ほどまでと態度が微妙に違うのは、アルバートが王太子になると聞いたからだろう。

彼は良くも悪くも典型的な貴族なのだ。嫌われ者の落ちぶれた王子になら強気に出られるが、次期国王となる身に対し、横暴には振る舞えない。

「な、なんでしょうか。アルバート殿下」

「一応、念を押しておこうと思ってな。お前はヴィオラとの婚約を破棄した。よって、オレが彼女を貰い受ける。お前も同意したことだ。そのことゆめゆめ忘れるなよ」

「……は、い」

ものが詰まったような声でエミリオは返事をした。

「オレは、ヴィオラに酷く当たっていたお前を許さない。だが同時に、だからこそ今こうして彼女を手に入れられたことも分かっている。だからこれ以上お前が何もしなければ、オレも目を瞑る。分かったな？」

「……殿下のお望みのままに」

分かりやすく脅されたエミリオは、その場に跪き頭を垂れた。それを厳しい目で見つめ、アルバートは私に言った。

「行くぞ、ヴィオラ」

「えっ、あっ……うん」

アルバートが私の手を力強く握る。そのまま引っ張られるように歩き出す。後ろからカノンの金切り声が聞こえた。

「なんで……なんで悪役令嬢と悪役王子がくっつくのよ。そんなのおかしいでしょ！　このゲームの主役は私なのに……！　私のイベントを返してよ！」

それがあまりにも悲愴な響きで思わず立ち止まってしまった。そんな私にアルバートが苛つきながら言う。

「頭のおかしい女の喚き声など気にするな」

「頭がおかしいなんて……」

「おかしいだろう。あの女は、先ほどから意味の分からないことばかり言っている」

「……」

吐き捨てるように言うアルバートに何も言い返せない。彼はゲームのことなど何も知らないのだから当たり前だ。黙っていると、アルバートが私の手を引っ張った。

「ヴィオラ」

「……う、うん」

口答えを許さない響きを感じ、慌てて頷く。アルバートからもらった指輪がキラリと輝いた。

こうして何がどうしてこうなったのかさっぱり分からないまま、私の悪役令嬢としてのイベントは終わりを告げた。

◇◇◇

ピアズ公爵邸を出たアルバートは、迎えに来ていた馬車に私を乗せ、王宮へと向かった。

一緒に来ていた弟のエイリークはどうするのかと思ったが、どうやら彼は別の馬車で王宮に戻るらしい。

急すぎる展開についていけないと思いつつも、アルバートはどこかピリピリとしていて、とてもではないが話し掛けられるような雰囲気ではない。大人しく黙っているのが正解だろう。本音を言えば、王宮に連れていくのではなく、屋敷に帰してくれると有り難いのだけれど、今それを言ってはいけないことくらいは分かっていた。

もう真夜中と言ってもいい時間帯だ。真っ暗な道を街灯を頼りに馬車が進んでいく。

夜更けにもかかわらず、王宮の門には明かりが灯っていた。門番たちは馬車を見ると頭を下げ、扉を開ける。

彼らの様子から、すでに話が通っているのは火を見るより明らかだった。

本館の入り口前で馬車が停まる。アルバートに促され、降車した。

真夜中の王宮はなんだか威圧感があり、少し怖いもののように思える。

「ヴィオラ、こっちだ」

ぼうっとしていると、アルバートが私の手を握った。そのままずんずんと歩き出す。どうやら中には入らないようだ。一体どこへ向かうのかと思ったが、すぐに分かった。彼が向かっているのは住処としている離宮だ。

明かりが乏しく、殆ど見えないような状況でも、何度もふたりで往復した道だ。それくらいは把握できる。

「ア、アルバート、まだ離宮に住んでいるの？」

様子を窺いつつ、話し掛ける。

王妃は離縁され、アルバートが次期王太子となることも決まった。それなら本館の方に住まいを移しているのではと思ったのだが、彼は否定するように首を横に振った。

「本館の方は落ち着かない。オレはずっと離宮で暮らしてきたから。それにオレが王太子となることが決まってから、皆の態度が百八十度変わって……それもキツいんだ」

「あ……」

苦しげに吐き出された言葉に納得した。

今まで彼は王宮内でも嫌われたり、いない者として扱われたりと散々な目に遭ってきた。それなのに手のひらを返したように擦り寄られて笑えるか？　そんなの無理に決まっている。

「義母上がいなくなり、状況が変わった。皆の態度が変わるのも分かるんだ。だが、こちらとしてはな。昨日まで虫けらを見るような目で見ていた者たちが、満面の笑みを浮かべて擦り寄ってくるのは……気持ち悪い」

「そうだよね」

吐き捨てるように言うアルバートに同意する。私でも同じように思うだろうと容易に想像がついたからだ。

「だから父上にお願いして、もうしばらくは離宮での暮らしを続けさせて欲しいと言った。父上はこれを機に本館の方にと考えていたらしいのだが、オレの希望を尊重してくれたんだ」

ホッと息を吐くアルバート。元々父親である国王はアルバートを嫌ってはいなかった。だが王妃の力が強すぎて、息子を庇いきれなかったのだ。正しく親子として過ごせるようになって、国王も喜んでいるのだろう。アルバートの言葉から、国王が息子である彼を尊重しているのが伝わり、私も嬉しかった。

「お帰りなさいませ」

離宮に着くと、アルバートの専属使用人であるゼインが笑顔で出迎えてくれた。私を見て、安堵の表情を浮かべる。

「良かった。無事、ヴィオラ様をお迎えに行けたのですね」

「当たり前だ。……ゼイン。これからヴィオラと話をする。オレが呼ぶまで部屋には近づくな。分かったな？」

「はい。承知しております。ヴィオラ様。侯爵様にはこちらから連絡をしておきますので、ご心配なく」

「え、あ、ありがとう」

屋敷に連絡できないのは正直困っていたので助かる。

お礼を言うと、ゼインは優しい目をして私に言った。

「殿下はこの一年、あなたに会えることだけを励みに頑張ってこられたのです。そうして今の立場を勝ち取られた。どうか殿下を労って差し上げて下さい」

「え、ええ」

いやに実感が籠もった言葉に気圧されるように頷いた。

アルバートが私の手を引き、二階へ向かう。

「そんな話はいい。ヴィオラ」

「あ、うん」

慌ててアルバートについていく。彼の部屋の位置は一年前と変わっていなかった。

部屋には明かりが灯っており、昼間ほどではないが十分明るい。

「ヴィオラ」

「な、何……って、あ……」

扉の閉まる音とほぼ同時に抱きしめられた。急な行動に驚くも、私を抱きしめる彼の腕が震えていることに気づき、身体から力を抜く。

「アルバート……」

「会いたかった」

「っ……！」

告げられたたった一言が心に染みる。思わず私も彼の背中に両手を回し、抱きしめ返した。

「私も。私もあなたに会いたかった……」

正直、いまだに信じられない。アルバートが己の死の運命を捻じ伏せ、私の国外追放フラグすら叩き折ってしまったことが、奇跡としか思えなかった。

感激に打ち震える。もう二度と、生きている彼には会えないと思っていたのに。

「嘘みたい……」

心の声が漏れる。私の呟きを聞き取ったアルバートがムッとしたように言った。

「嘘なわけがあるか。オレがどれだけ苦労したと思っている。お前にもう一度会うことだけを心の支えにして今までやってきたんだぞ」

顔を上げ、彼を見る。アルバートは当時のことを思い出しているかのような顔をしていた。

「本当は全部どうでもいいと思っていたんだ。このまま朽ちていくのも、誰かに利用されて死んでしまうのもどうでもいいと思っていたのに、お前がオレに温もりを教えるから、諦められなくなってしまった。クーデターを咬された時、真っ先に思い浮かんだのはお前の顔だった。この誘いを受けてしまったら、きっとオレは死ぬ。そうしたら、お前との約束を破ってしまうと思ったんだ」

「あ……」

別れの時、告げられた「迎えに行く」という言葉を思い出す。

アルバートは強く私を抱きしめながら言った。

「お前が好きだ。お前がオレの孤独を埋めてくれたから、生きようと思えた。こんな奴らに利用されてたまるかと思えた。王太子なんてどうでもいい称号を受け入れたのも、それなら堂々とお前を迎えに行けると思ったからだ。なあ、ヴィオラ。オレに褒美をくれないか。お前を迎えに行くことだけを胸に、オレはこの一年、必死で生き延びてきたんだ」

「アルバート……」

声に熱が籠もっている。彼が褒美として何を求めているのかなんとなく察したが、私は逃げようとは思わなかった。

アルバートがこの結末に辿り着くために血の滲むような努力をしてきたということが、言葉の端々から感じ取れたからだ。それに求められることを嫌だとは思わなかった。

だから私は頷いた。彼になら何をされても許せると思ったから。

それに今の彼は私の婚約者らしいし。

手を伸ばし、アルバートの頬に触れる。心地よさそうに目を細める彼を見ていると、なんだかとても優しい気持ちになれた。

だから言う。

「いいよ。ご褒美をあげるから、アルバートの好きにして」

久々の触れ合いを楽しみにしている自分にも気がついていた。

◇◇◇

ベッドの上。早々にドレスを剝ぎ取ったアルバートは自身も服を脱ぎ捨てると、私に馬乗りになり、実に遠慮なく全身に触れた。

「ずっと、こうしたかった」

そう告げるアルバートの言葉は本心なのだろう。臍の辺りをチロチロと舐めながら彼は脇腹をそっと撫で上げる。

「あっ……」

およそ一年ぶりとなる彼との触れ合いに心が震える。もうすっかり忘れたものと思っていたが、身体はしっかり覚えていたようだ。彼の手の動きに敏感に反応する。

「はあ……ああ……」

「お前がいなくなって……ずっと寒かったんだ」

はあっと息を吐くアルバートと目を合わせる。寒いという言葉が気になった。

「寒……かった？　いい加減、もう大丈夫だと思ってたんだけど」

「そんなわけあるか。この一年、やっぱりお前がいないと駄目だと何度思ったことか」

アルバートが裸の私を抱きしめる。触れ合った場所から彼の体温がじんわりと伝わってきた。

「温かい」

思わず零すと、アルバートも同意した。

「そうだな。心地よい。お前の……温度だ」

「まだ寒いって思ってる？」

「いや、こうしてお前に触れていれば問題ない。触れた先から全身が熱くなる。ようやく生き返った心地だ」

大袈裟だなとは思ったが、否定はしない。彼が本気で言っているのが分かったからだ。

アルバートが身体を起こし、私に聞いてくる。

「一応確認だが……お前、あの男に触れさせてはいないだろうな？」

「え……？　なんの話？」

「誤魔化すな」

乳房を鷲づかみにしながらアルバートが私を見る。先端の尖った場所を指の腹で弄られると、身体が勝手に跳ねてしまう。せっかく整えた髪型もとっくにグチャグチャになっていた。だけど気にしている余裕なんてない。

「ひゃっ……ちょっと……！」

「……答えろ、ヴィオラ」

「だ、だからなんの話って……本当に分からないんだってば！」

「お前の前の婚約者だったというあの男に触れさせてはいないかと聞いている」

「あ、エミリオ様のこと？」

「その名前を出すな」

「そんなこと言われても……ひんっ」

咎めるように乳首を摘ままれた。

理不尽だ。

私はなんとかエミリオの名前を出さないようにしながらアルバートに言った。

「こ、こんなことするわけない。……向こうでも言ったじゃない。エミ……あの人とは殆ど会話もなかったし、避けられてたって……ひんっ」

「そうか……お前の身体を知っているのはオレだけか」

「い、言い方……！　ひあっ」

今度は濡れそぼった蜜口に指を入れられた。久しぶりだからか、かなりキツく感じる。

アルバートも同じことを思ったのか、満足げな様子だった。

「なるほど。確かにお前の身体はまだ男を知らないままのようだ」

「あ、当たり前……んんっ」

びくんと身体を震わせる。ちょうど臍の裏側辺りにある、弱い場所を擦られたのだ。そこを攻められると、いつも私はおかしくなくらいに気持ちよくなってしまう。

「ひ……ああっ……そこ……やだあっ」

「何を言う。ここはお前が一番気持ちいい場所だろう。変わっていないようで何よりだ」

「あああっ！」

同じ場所をしつこいくらいに愛撫され、あっという間にイってしまった。

指で簡単に達してしまう女。これでまだ処女だというのだから我ながらおかしな話だ。

いや、もしかしたらこれから処女を奪われることになるのかもしれないけれど。

「……する……の？」

整わない息の中、私に触れる男を見る。

以前は、彼とは恋人でも婚約者でもないから最後まではしないで欲しいと思っていた。

今後の人生を考えたからだ。当たり前だろう。

だが今は、アルバートがしたいならそれもいいのかもしれないという風に考えは変わっていた。

だってアルバートは私の婚約者なのだ。それに彼は私のことを好きだと言ってくれた。私の気持ちはまだ固まってはいないが、少なくともアルバートのことを嫌いではないし、このまま結婚することになっても彼とならまあいいかと思えるのだ。

まだそのことを口にはしていないけれど。

もう少し時間を掛けて判断したいとは思っているけれども、多分結論は変わらないだろう。そんな気がする。

だからそれならもう、最後までしてしまってもいいかなと思うのだ。どうせ挿入以外のほぼ全てを経験してしまっているわけだし。婚約者が相手なら、醜聞も悪くないだろう。

そんな風に考えていたのだが、アルバートは静かに首を横に振った。

蜜口から指を引き抜き、驚くほど真剣な顔で言う。

「しない」

「え……?」

「まだ、お前を抱きはしない」

もう一度、今度ははっきりと言葉にした彼を唖然と見つめる。予想していた答えとは正反対だったからだ。だけど確かに、彼がそう答えるのも当然なのかもしれない。

何故なら、今気づいたのだが、彼はトラウザーズを脱いでいなかったから。これまでの触れ合いと同じように、下は脱がずに私に触れていたのだ。それがどういう意味を持つのか、私は知っていたではないか。

——婚約者になったのに、あんなに私のことが好きだって言ったのに抱かないんだ。

驚いているとアルバートはムスッとしながら言った。

「……抱きたくないと言えば嘘になる。だが、どうせ抱くなら、お前の気持ちが伴ってからにしたい」

「アルバート……」

「今のお前はオレの婚約者という立場だ。指輪もあるし、誰かに横からかっ攫われる……なんてこともないだろう。それならオレは待つという選択をしたい」

パチパチと目を瞬かせた。それでもとりあえず思ったことを口にする。

「えっと……こんなことまでしておいて、今更?」

「これは前からしていたことだろう」

「そうだけれども!」

アルバートの言う通りなのだが、何かが違う気がして仕方ない。首を傾げる私の額をアルバートが指で弾く。

「いた」

「全く……お前という奴は」

困った奴だと言わんばかりに見つめられる。その目がやけに優しくて、ドキドキしてしまった。アルバートが顔を近づけ、頬に口づけてくる。

「あ」

「好きだ、ヴィオラ」

「……」

ちゅ、ちゅ、と唇が顔の色んな場所を口づけていく。優しい触れ合いに思わず笑みが零れた。

「ふふ……ねえ、口にはしないの？」

わざとなのだろう。アルバートは唇だけを避けていた。それが気になり尋ねると、彼は「ああ」と頷いた。

「それもあとの楽しみに取っておこう。お前がオレを好きだと言ってくれたら、その時はいくらでもしてやる」

「……前に一度したのに？」

別れ際にしたキスを思い出し言ってみた。触れるだけの口づけだったがあの時のことは今もはっきりと覚えている。アルバートがふっと笑う。

「あれはまた別だ。お前もそれは分かっているだろう？」

「う……それはそうだけど」

アルバートの言う通りだ。だってあれはお別れのキスだったのだから。

恋愛感情が絡むような、そんなものではなかった。

「そういうことだ。まあ、気長に待つさ。オレは根気強いんだ。待つことには慣れているし、お前とキスできると思えば待つのもまた楽しいからな」

「……そんな日が来ると本当に思う？」

まるで確信があるかのように告げるアルバートに少しではあるがムッとした私は、彼に言い返した。

確かに私は彼のことを好きだが、それはあくまでも友人としてであって恋人としてではない。もちろん今は、だけど。

この先どうなるかは不明……ということにしたい。

そんな複雑な乙女心を抱く私に、アルバートは意地の悪い笑みを浮かべて言った。

「何、好きにならせるから問題ない。大体、すでにここまで身体を許している時点で、オレの勝ちは決まったようなものだろう。それともお前は、好意を抱いていない男に触れさせるような女なのか？」

「うぐっ……それは、違うけど……」

「そういうことだ。まあ、待つとは言ったが、できるだけ早い方が有り難いな」

「あ、ちょっと……んんっ」

アルバートが私の足を大きく開かせる。蜜口は多量の愛液でグチャグチャになっていた。先ほど達した時の余韻だろう。

彼は濡れた蜜口に顔を近づけると、舌を伸ばした。少し上にある小さな突起を尖らせた舌で擽ってくる。突然訪れた強い快楽に全身が鋭く反応した。つま先がピンと撓《しな》る。

「ひっ……あ、それ駄目っ！」

身体が痙攣するように震える。強すぎる快楽におかしくなりそうだった。

「今はこれで我慢しよう」

「ああっ……！」

べろりと花芽を舐め上げられる。陰核を丁寧に刺激され、目の奥で火花が散った。

「ひあっ！」

「ずいぶんと気持ちよさそうだな？」

笑いを含んだ彼の声にも碌に反応できない。

――ああ、もう気持ちいい。全部が全部どうでもよくなってくる。

「ヴィオラ、愛している。早くお前からも同じ言葉を聞きたい」

甘くも優しい声が降り注ぐ。

そうして私は何度も彼の手と舌によって絶頂へと導かれ、気絶するように眠りについたのだった。

第四章　新たな噂

アルバートが婚約破棄イベントに乗り込んできてから、少し経った。

あの日、彼の弟であるエイリークが言った通り、王妃が離縁され、アルバートが立太子することも王宮から正式に発表がなされた。

アルバートは王宮の厄介者などではなく、第一王子、王太子としてついに認められたのだ。そのことが、彼が苦しんでいたことを知っていた私にはとても嬉しかった。

……アルバート自身はどうでもよさそうだったけれども。

ついでに、ようやく私に関する妙な噂も鎮火した。

夜会の参加者たちが夜会での出来事を広めたのだ。

アルバートが私の噂を流していた犯人をあの場で公にしたこと。そしてその彼が私に求婚したということもあり、今まで私の悪口を言っていた貴族たちは一様に口を噤んだと、そういうことだった。

誰だって次期国王を敵に回したくはない。

噂の真相を知った両親は、自分たちの友人が娘を貶めていた犯人だと知り、ひどく消沈した。私にも謝ってくれたが、父たちは何も悪くない。悪いのは勝手に逆恨みした犯人だ。

私がエミリオに婚約破棄されたことについては、残念がられると思ったが、アルバートという新たな婚約者ができたことを知ると逆に喜ばれた。

「お前がアルバート殿下と懇意にしていたのは知っているからな。殿下も正式に立太子されるわけだし、そうなればお前は王太子妃だ。私たちが反対する理由はどこにもない。お前も殿下が婚約者なら文句はないだろう。良かったな、ヴィオラ」

こんな風に、むしろエミリオから婚約破棄されてラッキーだったとまで言いきられてしまった。

親からしてみれば、娘が次期国王の妻として迎えられることはめでたいことでしかない。以前、アルバートと引き離したことを父たちは申し訳ないと思っていたらしく、とても協力的だった。

「アルバート殿下もお前と共にいたいだろう。そうだ、なんなら一緒に暮らすといい」

「えっえっえっ……」

「荷物はあとで送るからな。お前は殿下の側にいて差し上げなさい」

急な展開についていけない私に父は笑顔でこう言い、本当に屋敷を追い出されてしまった。

家に戻ることもできず、アルバートのところへ行き、父から告げられたことを説明すると、彼は諸手を挙げて喜び、ウキウキと私の部屋を準備してくれた。

「お前とずっと一緒にいられるのは嬉しい」

そう言って。

含みのない笑顔でそんなことを言われれば、私としては全面降伏するしかないわけで、そのまま婚約者との同棲生活はスタートした。

知っている。私はアルバートに弱いのだ。

悲しそうにされればなんとか慰めてあげたくなるし、嬉しそうにされれば、その笑顔のためならなんでもしようと思えてしまう。

元々アルバートとは二日に一回と、かなりの頻度で会っていた。しかも朝から夕方まで。だからか、同棲となっても特に戸惑うことはなかった。二日に一回だったのが、毎日に変わっただけ。あと、やたらとアルバートが好意を露わにするようになったくらいだ。

「好きだ」「愛してる」「お前がいないと生きていけない」「オレと一生一緒にいてくれ」等など。例を挙げれば枚挙に暇がない。

以前は「好き」なんて絶対に言わなかったのに、どうして今になって大盤振る舞いするのかと不思議だったのだが、それは彼に説明されて納得した。

どうも彼は私のことを、かなり早い段階から好きだと認識していたらしい。

だけど彼は嫌われ者の王子でこれから先、どうなるかも分からない。そんな自分に愛を告げられても困るだけだろうと思ったアルバートは気持ちを伝えることを諦めていた……ということだった。

「本当はずっと好きだと言いたかった。ようやく面と向かって伝えられる今、遠慮などするものか」

きっぱりと告げた彼の耳はほんのりと赤かった。それに気づいてしまった私も真っ赤になってしまったのだが。

なんだろう。アルバートってこんな恥ずかしい人だったんだと、初めて知った心地だった。もちろん嫌だとは思わないのだけれど。

そう、嫌だと思わないのだ。どちらかと言うと嬉しいと感じる。だけどそれが恋愛による気持ちからなのかどうか、私にはいまいち分からないでいた。

最初は確かに同情から始まった。始まりは傷の舐め合いだったと思っている。

だが、それは今もなのか。

今、私はアルバートをどう思っているのか。それがさっぱり分からなかった。

自分のことなのに情けないと思うも、いくら考えても答えは出ない。アルバートが待ってくれているのをいいことに、私は答えを先延ばしにしていた。

そういえば、あの再会した日以来、私たちは触れ合ってもいない。

接触といえばお休みのキスくらいで、友人関係だった時よりよほどピュアな付き合いをしていた。

それも実は物足りない。私は別に触れてくれていいと思っているのに、アルバートは頑なに私に触れようとしないのだ。

キスと挿入以外はＯＫみたいな話だと思っていたのにまさかの接触全面禁止という状態に、私の方が参っていた。

彼との触れ合いに心が満たされていたのは私も同じだったのだ。それを思い知らされた。

だが、いくら辛くともそれをアルバートに言おうとは思わなかった。

私を待ってくれている彼に、答えを出せない私が言っていいことではない。それくらいは私だって分かっているのだ。

悶々と悩みながらも時は過ぎる。

いい加減、自分が彼に抱くこの気持ちがなんなのか、答えを見つけなければならないと私はかなり焦っていた。

何せ私たちは婚約者なのだ。国王からはいい加減、挙式の日程を決めて欲しいと言われている。だがアルバートは私が彼を好きだと認めるまで式は挙げたくないと拒絶していた。

その現状を知っている身としては申し訳ないとしか言いようがなく、同時に酷いプレッシャーとなって私に重くのしかかっていた。

早く、早く、と焦れば焦るほど訳が分からなくなってくる。

もういっそ嘘でもいいから「好き」と言おうか。いやそれはアルバートにあまりにも失礼ではあるまいか。

私の心中は荒れ狂っていて、とてもではないがまともな思考ができる状況になかった。

◇◇◇

「はあ……」

アルバートが本館に行ってしまったある日の午後、私はひとり離宮のすぐ近くにある庭を散歩していた。

この場所は王宮の中でもかなり奥まったところにあって、余程のことがない限り怪しい人物など侵入できないのだ。そのため護衛を付ける必要がなく、気分転換したい時はよくここをひとりで訪れていた。

「私、どうしたらいいいんだろう」

悩みが口から零れる。

婚約している以上、いつかはアルバートと結婚することになるのだろう。それを嫌だとは思わない。彼となら別に良いのだ。身体を重ねることも子を産むことも、アルバートが相手であるのなら、私は構わないと思っている。それでは駄目なのだろうか。

「……駄目なんだろうなあ」

大きな溜息が出る。恋愛とはなんて難しいのだろう。

前世の記憶を取り戻してからずっと自分の悪役令嬢フラグと戦っていたせいもあり、いきなり恋愛と言われても対処できない。

項垂れながらも白い石で舗装された道を歩いていると、少し離れた場所に蹲《うずくま》っている人が見えた。

「え、人？」

こんなところで誰かと会ったのは初めてだ。

驚きつつも小走りで駆け寄る。蹲っているということはどこか体調が悪いのかもしれないと思ったからだ。

不審者だとは思わなかった。そもそも王宮に入れるのは貴族と王宮関係者の許可証を持つ者だけと決まっている。蹲っている人は遠目からでも仕立ての良い服を着ているのが分かったし、おそらく貴族なのだろうと判断した。

「大丈夫ですか？」

声を掛ける。下を向いていた人が顔を上げた。その美貌に一瞬息を呑む。

甘くて優しい顔立ちをしていた。目尻が少し垂れている。目の下にある泣きぼくろがとてもチャーミングだ。前髪を左側だけ長く伸ばしているせいで片目だけしか見えないが、この人にはそれがよく似合っていた。目の色は青。晴れの日の空を思い出すような爽やかな美しさだ。

「あの……」

年はアルバートより少し上くらいだろうか。全体的に品がある。

「あっ、すみません。実は足を挫いてしまって……」

再度声を掛けると、男の人は気まずげに目を伏せながら答えた。

右の足首を押さえている。眉を寄せ、かなり痛そうだった。

「できましたら肩を貸していただけませんか？　医務室に行きたいのです」

「分かりました」

男の言葉に頷いた。

軽い怪我なら自分の屋敷に戻ってから手当しても良いだろうが、肩を貸して欲しいと言うくらいだ。痛みが酷いのだろう。王宮の医務室で先に処置してもらうのが良さそうだ。

「どうぞ。捕まって下さい」

捕まりやすいように少し屈む。彼は「ありがとうございます」と弱々しく言い、私にもたれ掛かってきた。かなり重いが……ギリギリ耐えられないこともない。

医務室へ向かって、歩き出した。

足を痛めているので、できるだけゆっくり歩くことを心掛ける。

男の人の重さが結構キツい。バレないように隠してはいたが、息が乱れているのに気づかれてしまった。

「すみません。ご迷惑をお掛けしてしまって」

「い、いえ。偶然ですが通りかかって良かったです。お気になさらず。ですがどうしてそんな怪我を？　挫いたとのことでしたが」

庭は手入れがされており、怪我をするような場所もなかった。どうやって足なんて挫いたのかと不思議だったのだが、彼は顔を赤くしてもごもごと言った。

「……お恥ずかしい話ですが、小石にうっかり躓いてしまったのです。堪えようとした拍子に強く捻ってしまったみたいで……」

「ああ……」

なるほど。そういう怪我の仕方をしたのなら分かる。

私も何もない場所で躓いたりする方なので、彼の答えは大いに納得できるものだった。

時間を掛け、なんとか医務室まであと少しというところまで来たところで、彼が急に立ち止まった。

「？　どうしたのですか？」

「ありがとうございました。あなたに支えられて大分回復しました。ここからなら医務室までひとりで行けそうです。これ以上ご迷惑を掛けるわけにもいきませんので、ここでお別れしたいと思います」

「え、最後まで付き添いますよ？」

怪我人を途中で放り投げるような真似はしない。だが彼は首を横に振った。

「いえ。かなり疲れさせてしまったみたいですし。私は意外と重いでしょう？　これ以上あなたに負荷を掛けるのは本意ではないのです」

「そう……ですか」

そこまで言われてしまえば、これ以上食い下がるのも何か違う気がする。

実際、疲れていたのも事実だったので、私は素直に引き下がった。

「分かりました。でも、本当に気をつけて下さいね」

「はい。ご親切にありがとうございました」

男は何度も私に礼を言い、頭を下げて、医務室に向かって歩いていった。その背中が消えるまでなんとなく見送る。

「感じのいい人だったな」

噂が消えたからかもしれないが、一度も嫌な顔をされなかった。もしかしたら私の顔を知らなかっただけという可能性もあるけれど、それでもかなり好感が持てた。

「貴族の中にもああいう人がいるんだなあ」

今まで悪意に晒され続けただけに、良い人に会えたことは嬉しかった。

「……ちょっと疲れたけど、良い人に会えたから、ま、いっか」

色々悩んでいたことも、一瞬ではあるが吹き飛んだ。

こういう出会いを大切にしたいものだと思いながら、私は上機嫌で離宮に戻った。

◇◇◇

それから数日後、私は同じ場所で男性と再会した。

聞けばどうやら彼は私を探していたらしい。お礼が言いたかったのだと照れたように告げる彼に、私は律儀な人だなとますます好印象を抱いた。

ウォルトと名乗った彼は、かなり人懐っこい性格らしく、すぐに親しげに話し掛けてくるようになった。私のことを「ヴィオラちゃん」と呼び、「僕、君のこと気に入っちゃったんだよね」と笑いながら言う。

正直、吃驚した。最初の時の印象と真逆である。軽薄なことこの上ない。完全にイメージダウンだ。

私は心底関わりたくないと思いながら、自分には婚約者がいる。だからこれ以上話し掛けてくれるな。誤解されたくないのだと強くお願いしたが、彼は全く気にせずそれからも私を見かける度に声を掛けてくるようになった。本気で勘弁して欲しい。

私はできるだけ素っ気ない態度を取ったり、時には無視したりして関わる気がないことをアピールしたが、暖簾《のれん》に腕押しというのはこういうことを言うのだろう。全く効果がなかった。

「……鬱陶しい」

最初に抱いた好印象はどこへやら。すっかり私はウォルトに苦手意識を抱いていた。

会えば「ヴィオラちゃん、ヴィオラちゃん」と馴れ馴れしく話し掛けられ、のんびり散歩もできない。そのうち私は離宮に引き籠もり、外へ出なくなった。

ウォルトもさすがに離宮までは押しかけてこないだろうと思ったのだ。姿を見せなければ彼も諦めるだろう。そう思っていた……のだが。

「……ヴィオラ様、少しよろしいでしょうか」

ある日、離宮の専属使用人であるゼインが困ったような顔をしながら私の部屋の扉をノックした。

今、アルバートはいない。彼は朝から王宮へ行っているのだ。先日無事王太子となった彼には公務というものが発生している。慣れないながらも彼は真面目にそれらをこなしていた。

離宮にいるのは私とゼインだけ。いつもなら彼は夕食の支度を始めている頃で、かなり忙しい時間帯。わざわざゼインが部屋まで訪ねてきた理由が分からなかった。

首を傾げながらも読んでいた本を閉じる。暇だったので窓際のソファで読書をしていたのだ。窓を開けていたので風が入り、とても心地よい空間ができあがっていた。

「どうぞ」

入室を許可する言葉を告げる。これが信用できない人物なら絶対に部屋に入れたりはしなかったが、ゼインは別だ。彼がアルバートの信頼を唯一勝ち得た使用人であることは十分すぎるほど分かっていたので、特に心配はしていなかった。

「申し訳ありません。おくつろぎのところ……」

部屋に入ったゼインは扉を閉めることなく、入り口近くで立ち止まった。そういう配慮を何も言わなくてもしてくれるところはさすがだと思う。

「前に読んだ本を読み返していただけだから気にしないで。それで一体なんの用なの？」

ソファに腰掛けたまま尋ねる。ゼインは一礼したあと、「実は――」と口を開いた。

「……最近、ヴィオラ様の噂が広まっております」

「え……私の？」

噂と聞いて目を丸くする。私の噂はアルバートのおかげで消えたはずだ。噂を広めた人物だって捕まったし、アルバートから罰として爵位を没収されたとも聞いている。新たな噂など広まりようがないのだ。

私は驚きつつも、彼に聞いた。

「どうして？　というかどんな噂なの？　また以前と同じような、私が誰かに酷いことをしたっていう話？」

「いえ、違います」

私の疑問にゼインは首を横に振って否定した。

「違うなら、どんな噂？」

「……殿下と婚約している身でありながら、別の男と二股を掛けている……というものです」

「はあ!?　何それ!!　私がそんなことするはずないじゃない!!」

あまりの内容に、思わずソファから立ち上がった。ツカツカとゼインの側まで歩み寄る。

「私は、浮気なんてしていないわ！　アルバートを裏切るような真似、誰がするものですか！」

「お、落ち着いて下さい、ヴィオラ様。分かってます。私はちゃんと分かっております。ただ、そういう噂があるというだけで……」

どうどうと宥めるように両手を前に出すゼインを私は睨み付けた。

「何よ、その噂！　一体誰がそんなことを言い出したの！」

「わ、私はそこまで知りません。ただ、王宮の厨房に寄った時に聞いたんです。そういう噂が王宮に広まっているって……」

「厨房で？」

眉を上げる。

離宮でアルバートと私の世話を一手に引き受けるゼインは、三日に一度ほど、食材の補充のため、本館にある厨房を訪れる。そこには当然、多くの料理人たちがいるわけで、ゼインはそこで今の話を聞いたらしい。

「噂は本当なのか。以前あったヴィオラ様の噂は嘘だったと聞いたが、今回の話はどうなのかと皆に詰め寄られまして……。私としても寝耳に水だったので、知りませんとしか答えられませんでしたが」

「で、不安になったあなたは私に直接確認しに来たということなのね？」

「申し訳ありません……」

しゅんと小さくなるゼインを見つめる。彼に怒っているわけではなかった。むしろ真偽を確かめに来てくれただけ、信用できると思ったくらいだ。

しかしまた噂に振り回されることになるのか。どこまでもついて回る噂にうんざりしていると、ゼインが「あの」と話し掛けてきた。

「何？」

「……その、一応確認なんですけど、ヴィオラ様は噂されるようなことは何もなさっていませんよね？　いえもちろん、殿下という婚約者がありながらヴィオラ様が浮気をするなんて、私は微塵も疑ってはないんですけど！　ほら、一応確認しないとこちらとしても否定がしにくいと言いますか……」

「は？　そんなの当たり前じゃない……って、ちょっと待って」

気まずげにしつつもズバリ聞いてくるゼインに否定しようとして、思い出した。

最近、私にやたらと付き纏ってくるウォルトという男がいたことを。

「……もしかしてだけど、その噂の元になったのってウォルトではないかしら」

「身に覚えがあるんですね⁉」

「ないわよ‼」

ゼインの素早い突っ込みに同じくらいの速度で否定を返しながら私は言った。

「言っておくけど、私は何もしてないから。ウォルトとは確かに何度か話したけど、私はアルバートの婚約者だもの。怪しまれるような行動は慎んでいたわ。最近では声を掛けられても無視するようにしていたし、なんなら出会わないように散歩にだって出ていなかったんだから！」

簡潔にではあるが、ウォルトとの出会いを説明する。ついでに最近では鬱陶しかったので、避けるようにしていたと付け加えた。

「そういうことだから。私、本当に疑われるようなことはしていないわ」

「……医務室まで肩を貸したところを誰かに見られて噂されたとか……」

私の話を聞いて考え込んでいたゼインが顔を上げる。言われた言葉に私は顔を歪めた。

「親切で肩を貸したのに、悪意で返されるの？　大体、見れば分かるじゃない。怪我人に肩を貸しているだけだって」

「世の中には真実を曲げて噂として広める人もいるんですよ、ヴィオラ様。それはあなたが一番よくご存じでは？」

「……そうね」

確かにその通りだ。

長い間、根も葉もない噂に振り回された身としては、ゼインの言葉は否定できない。

「他に、思い当たることはないんですね？」

確認してきた彼の言葉に即座に頷いた。

「ないわ。あなたも知っているでしょう？　ここのところ私が離宮から一歩も外に出ていないって」

「そうでしたね。ということは、やはりそのウォルトという男と一緒にいるところを見られて誤解された、もしくはわざと妙な噂を流された、が正解でしょうね」

「また？」

ゼインの推察に、私は特大の溜息を吐いた。

せっかくアルバートのおかげで長年悩まされてきた噂を払拭できたと思った途端にまたこれだ。

一瞬、自業自得なのかなと考えたが、いやそれはないなとすぐに己の考えを否定した。

ウォルトを最初に助けたことが悪かったとは思わないし、その後の対応についてもできる配慮はしていたからだ。

「誤解されたくないと思ってちゃんと気をつけていたのに」

悪意がどこまでも私を追いかけてくる。

それとも、これが『悪役令嬢』であった私の運命だとでもいうのだろうか。何をしても悪役にされてしまうという運命。ゲームから解放されても結局私は悪役令嬢からは逃れられない。そういうことだろうか。

――それなら、私が抗ったところでどうしようもないよね。

私が悪役であることを世界が求めているのなら、抵抗したって無意味だ。何をしても逃れられない。

「……」

以前、私が悪役令嬢という役目からどうにか逃れようと頑張っていた時のことを思い出す。あの時、私は私なりに頑張った。噂を払拭しようと努力したのだ。だけど結局は何も変えられなくて……あの頃いつも感じていた虚無感が再び私を襲う。

全てを投げ出して引き籠もり、なるようになるのを待っていればいいのではないか。そんな風に考えてしまう。

でも――。

ふと、思った。

――アルバートは、運命をちゃんと変えたんだよね。

私と同じ『悪役』という看板を背負わされていたアルバート。

彼は己の力で運命を切り開き、未来を手に入れた。処刑される運命を彼は努力で捻じ曲げたのだ。

彼は私のように転生者というわけではない。己が処刑されることなんて知らなかった。だけど、未来が真っ暗だということは彼なりに感じていた。そういう話を私は彼から何度か聞かされていたからだ。

なのに、彼は負けなかった。薄情な私はアルバートが死んだものだと諦めていたのに、彼は世界に勝ち、あの婚約破棄イベントの場に現れたのだ。

私とした「迎えに行く」という約束を果たすためだけに――。

それに比べ、私はどうだろう。努力はしたかもしれない。だけど本当にできることを全て試しただろうか。アルバートがしたように、私の噂を流していた犯人を見つけようと一度でも考えただろうか。周囲に適当にアピールして、誰も話を聞いてくれないとひとりで拗ねていただけではなかったか。

——私もこのままでは終われない。

ギュッと拳を握る。

運命を変えたアルバートをすごいと思った。私にできなかったことをしてのけた彼を心から尊敬した。そんな彼を間近で見ておいて、私はあっさりと諦める？　そんなことできるわけがない。私もやれることはやらないと。

そうだ。また悪役になってしまったと拗ねている場合ではない。

今回の噂を流した犯人を見つけるのだ。失敗するかもしれないけれど、やれるだけのことはやらないと。悪役のままで良いはずがない。

今度こそ本気で抗うのだ。でなければ、絶対にアルバートに誤解される。

今更ながらそこに気がつき、心底ゾッとした。

アルバートに浮気をしたと誤解される。それは、それだけは絶対に嫌だと思った。

——嫌だ。アルバートに嫌われたくない。それくらいなら私、死んだ方が……。

「あ」

酷く間抜けな声が出る。どうしよう、気がついてしまった。

「どうしました？　ヴィオラ様」

突然声を上げた私を、ゼインが心配そうな顔で見てくる。私は慌てて首を横に振った。

「な、なんでもないの」

「ですが」

「本当に。なんでもないから」

重ねて告げる。

心臓が驚くほど速く鼓動を打っていた。今気づいてしまったことに、心がなかなか追いついてこない。

だけど、分かってしまったのだ。

——そっか。私、アルバートのことが好きなんだ。

友情なんかではない。私は恋愛の意味で、彼のことが好きなのだ。

だって、嫌だと思った。

アルバートに浮気したと誤解されるのだけは絶対に嫌だと、そんなことになるくらいなら死んだ方がマシだとまで思ってしまった。そんなの、ただ友情を感じているだけの人に思うわけがない。

私は彼のことが好きなのだ。

それが、いつからのことなのかは分からない。

少し前なのかもしれないし、彼が迎えに来てくれた時だったのかもしれない。いや、もしかしたら出会った時には好きだったのかも。

正確な時期は分からないけど、今、私がアルバートを好きだと思っていることは確かだった。

彼に嫌われたくない。ずっと側に置いて欲しい。私を、私だけを愛して欲しい。

そんな気持ちが『好き』でなくてなんだというのだろう。

「……」

自分の気持ちの変化に驚きながらも、私は改めて決意していた。

アルバートのことが好きだと思うのなら余計に私は頑張らないといけない。何もせずに好きな人を、婚約者を手放すなんて絶対にしたくないからだ。

ここは絶対に退いてはいけないところだと、唇を噛みしめる。

「ヴィオラ様……あの……」

先ほどまでとは雰囲気が明らかに変わった私に気づいたのか、ゼインが声を掛けてきた。

そんな彼に私は急いで作った笑顔を向ける。

「ありがとう、ゼイン。教えてくれて。私、ちょっとその噂の出元について考えてみる。変な噂を流されたままなのは許せないから」

「……そう、ですか。いえ、そうですよね。あの！　私に協力できることがあれば協力しますから、なんでも言って下さい！」

「ありがとう」

再度礼を言い、ゼインを部屋から出す。

部屋にひとりになった私は、さてこれからどうするべきかと考え、噂を流した奴め、絶対にただでは済まさないぞと、鼻息も荒く決意していた。

◇◇◇

「アルバート、ちょっと話があるんだけど」

その日、夕食を済ませた私は彼の部屋を訪ね、そう声を掛けた。

まだナイトウェアには着替えていない。普段使いのドレスのままだ。とにかく一刻も早く彼と話さなければと焦っていた。

「ヴィオラ？　ああ、入ってくれ」

入室許可をもらい、室内に足を踏み入れる。彼は執務机に座り、何か書き物をしていた。

「あ、もしかして仕事？　私、邪魔しちゃった？」

さすがに仕事の邪魔をするつもりはない。できるだけ早くと思っていたが、出直した方がいいのかもしれないと考え直していると、アルバートは羽根ペンを置き、私を振り返った。上着こそ脱いでいたが、きちんとクラヴァットは締めている。彼と再会してから、まだ一度もあの変なちょうちょ結びを見たことがなかった。

長く続いた鬱屈とした日々を抜け出し、彼の心情にも変化があったのだろう。

「いや、仕事というわけじゃない。復習みたいなものだから気にしてくれなくていい」

「……アルバートって本当勉強熱心というか、真面目だよね」

自発的に復習していると聞き、本気で私は彼の爪の垢を煎じて飲んだ方がいいのかもしれないと思えてきた。

私は彼のように真面目な性質ではないのだ。わりと飽きっぽいところがあって、努力してもすぐにどうでもいいやと投げてしまう。

『悪役令嬢』の噂を払拭しようとしていた時、途中で諦めていたことからもそれは窺い知れる。

もちろん、今回は諦めるつもりなどないが。

好きな人に変な誤解などされてたまるものかと私は必死だった。

「それで？　話というのは？」

ソファを勧められ、立ったままというのもどうかと思い、腰掛けた。これは以前はなかったものだ。私がここに越してきたのとほぼ同時に、彼の部屋も家具の入れ替えを行い、設置された。他にも色々と調えたため、今では第一王子が住むに相応しい内装となっている。

アルバートも立ち上がり、私のすぐ近くにあった椅子を引き寄せ、そちらに座り直す。

私は一度深呼吸をしてから、再度覚悟を決めて口を開いた。

「……あのね、私も今日ゼインに聞いたんだけど、変な噂が流れているんだって。その、私についての噂」

「……お前の噂？」

アルバートが姿勢を正す。どうやら真剣に聞いてくれるようだと分かり、ホッとした。

「私が……浮気してるって噂。でもね、聞いて、アルバート。私、浮気なんてしていないから！」

「……」

アルバートは何も言わなかった。ただ続きを促すような顔をしていた。焦りを堪えながらも頷く。

「噂がどこから来たのかは想像がつく。私ね、少し前に庭で蹲っていた人に肩を貸したの。その人は足を捻って怪我をしていて、自分で歩けないようだったから――」

ウォルトとの出会いから始まり、彼が何度もしつこく話し掛けてきたこと。そしてそれを鬱陶しく思い、最近では離宮に引き籠もっていたところまでを私はアルバートに語った。

「それだけ。多分、現場を見ていた誰かが、事実を曲げて私の噂を広めたんじゃないかって思うんだけど。私はほら、以前にも色々噂されていたし、アルバートの婚約者だもの。面白半分に広める人は多いと思う」

言いたかったことを全て伝え、アルバートを見る。

彼を好きだと気づいた私ではあったが、今日、告白をする気はなかった。

好意を告げるのなら、この騒動が落ち着いてから。そう決めていたからだ。

だけど、その決意もアルバートの返答如何によっては無駄になるかもしれない。

彼が私を信じてくれるかどうか。全てはそこに掛かっているのだから。

信じてくれなければ、話にすらならないのだ。決意どうこうの問題ではない。

緊張しつつも恐る恐る彼を窺った。

「その……私の話はこれで終わり、なんだけど」

「……」

アルバートは答えない。腕を組み、じっと何かを考えているようだった。

そんな彼を見ていると、まるで裁判官から判決を下される前の被告人のような気持ちになってくる。

――うう、何か言って欲しい。

信じてくれるのか、くれないのか。それくらいは先に教えて欲しいと思いながら、両手を膝の上に置いて俯き、彼の決断が下るのをひたすら待つ。

——告白する前に振られたら、笑えないよね。

嘘だ、信じられないと詰《なじ》られてまで、彼に縋れる自信はなかった。

ややあって、アルバートがゆっくりと口を開いた。

「——その話、オレも知っている」

「え……」

パッと顔を上げる。アルバートがじっと私を見つめていた。

「オレが話を聞いたのは、数日前だ。王宮で執務をしている時に、補助をしてくれている者にこんな噂があると教えられた。オレはそれを一蹴したが……お前の言う通り、間違いなく面白半分。オレの反応を確かめたかったのだろうな」

「……私より先に知っていたんだ」

私がその話を聞いたのは、今日の午後だ。

こういうマイナスの噂は本人に伝わるのが一番遅いというのはよく聞く話だが、本当にそうだとは思わなかった。

身体から力が抜ける。乾いた笑いを零すと、アルバートが言った。

「お前の態度を見ていて、噂されていることを知らないのだろうなと思っていた。そのうち知ることになるだろうとも。……オレはその噂を知ったお前がどうするのかを知りたかったんだ」

「ひとりで抱え込んでしまうのか、それともオレに言ってくれるのか。手を貸したくても お前が告げてくれないのでは意味がないからな。結果、お前はすぐにこうして相談してくれた」

「どういう意味？」

静かな口調で語るアルバートの目を見つめる。赤い瞳が揺らめいていた。

「オレはお前を信じていた。今回の噂もきっと根も葉もないものだと思っていた。だが分かっていても不安になる。だからこうして、お前が自分から噂を否定しに来てくれたのは嬉しかった」

「アルバート……」

「お前が話してくれたことが真実なんだな？」

「っ！　うん！」

「オレはお前を信じていいんだな？」

もう一度問われ、大きく頷いた。

「当たり前だよ！　私がアルバートを裏切るなんてそんなことあるわけない!!」

必死に告げる。彼だけには疑われたくなかった。

「私はアルバートを裏切ってなんかない」

「分かった。それならオレはお前を信じる。お前がこうしてはっきりと否定してくれたんだ。もう何を言われても不安になることはない」

「うん……うん……」

何度も頷いた。アルバートは私の言葉を信じてくれた。それだけで頑張って話をしに来た甲斐があったと思えた。

泣きそうになってしまうのをなんとか堪える。鼻を啜ると、喉の奥がツーンとした。

アルバートが足を組み、「それなら」と言った。

「不愉快な噂を消すために動かなくてはな。何せこの話は今や王宮中に広まっている。放っておけばいいという段階を越えているのだ。……最悪、父上のお耳に入っている可能性もあるからな」

「……う」

国王が知っているかもしれないと聞き、背筋が震えた。それでも勇気を奮い起こし、彼に聞く。

「アルバート、協力してくれる？」

「当たり前だ。大体、お前ひとりの力では調べられることにも限界があるだろう。以前、お前の噂を調査した時、嫌われ者だとしても『王子』にはある程度の力があるのだと思い知ったんだ。権力におもねる者は多いからな。あの時とは違い、今は王太子。前よりも簡単に話は進むはずだ。情報収集は任せておけ」

「頼もしい……」

己の胸を叩くアルバートを尊敬の眼差しで見つめる。

「まずは、噂の元となった男を探すところから始めよう。その男を捕まえ、何もなかったと証言させるのが一番確実だろう。その男の名前、ウォルトと言ったか。ファミリーネームは分からないのか?」

「ごめん。聞いてない」

アルバートの質問に申し訳ないと思いながらも正直に答えた。

「私、彼とは関わるつもりがあまりなくて。向こうが言わなかったというのもあるけど、私も興味がなかったからそこまで聞かなかったの。その……あなたという婚約者がいるのに男の人と仲良くなるのって良くないと思っていたし、変に誤解されたくなかったから……」

結局、誤解どころか浮気したなんて噂をばらまかれたのだけれど。それは言っても仕方がないことだ。

私の話を聞いたアルバートは眉を下げ、困ったような顔をした。

「どうしてファミリーネームを聞いておかなかったと叱りたいところだが、そう言われると何も言えなくなるな。……ああ、そうだった。意外とお前は義理堅いところがあるということを思い出したぞ」

「う……」

言外に、以前『婚約者ができるからもう会わないでおこう』と言ったのを責められていることに気づき、小さくなった。

「い、いや、だって……ねえ？　そういう相手ができるのならちゃんとしないといけないというか……誠意って大切だと思わない？」

「まあ、お前の元婚約者は、お前のそんな気持ちすら踏みにじる男だったわけだが。完全にオレだけが割りを食わされた形だったな」

「そ、そんなこと言われたって……あ、あなたとはその……ちょっとエッチなこともしてたから余計にちゃんとしなくちゃって……」

「分かっている。もうその件については責めるつもりはないから気にするな」

その件、とわざわざ指定するのがとても気になる。じゃあどの件を責めるつもりなんだと聞きたくなってしまった。やぶ蛇になると分かっているから口にしたりはしないが。

微妙な顔をした私を見て、アルバートが笑う。そうして話を仕切り直した。

「ともかく、早急にそのウォルトという男を探させよう。それができなければ話は始まらないからな」

「そ、そうだね。よろしくお願いします」

「一応言っておくが、お前は捜索に参加するなよ？　自室に引き籠もっておけ。男を捜している、なんて新たな火種になる予感しかないからな」

「りょ、了解であります……」

先に釘を刺され、慌てて頷いた。

危ない。言われなければ、私も探すと手を挙げるところだった。

私の噂のことなのだから、私もできることをしなければと思っただけだったのだが、言われてみればその通りだ。噂を消そうとして新たなネタを提供することになるなんて御免である。

「私、大人しくしてるね」

「そうしてくれ」

「……ええと、私に何かできることは」

「ない」

「うっ」

「お前の仕事は引き籠もっていることだと今言ったばかりだろう」

「そ、その通りですね」

返す言葉もない。

ばっさりと両断され、項垂れた。

だけど何もしないというのは、どうにも落ち着かないのだ。それが己のことならなおさら。

私の気持ちを分かっているのだろう。アルバートが念を押すようにもう一度言った。

「いいな？　オレがお前に言うことはただひとつ。余計なことをするな。それだけだ」

「……うう」

「経過は逐一お前にも教えると約束する。だから黙って待っていろ」

「……はい」

そこまで言われれば、頷くより他はない。項垂れつつも了承すると、アルバートはようやくホッとしたように表情を緩めた。

その様子がまるで、親が子供の無茶を止めることができて安堵した、みたいに見えてしまった私は、なんだかとても釈然としない気持ちになった。

◇◇◇

「結論から言う。ウォルトという人物は存在しない」

「えっ……」

アルバートに相談してから数日後、本館から帰ってきた彼に呼び出された。

彼の部屋に行くと、アルバートは難しい顔をして、持っていた紙の束を私に渡した。

「わっ、何これ」

「報告書だ。それなりに信頼できる者に調べさせた。お前が言う『ウォルト』という男は貴族の中にはいなかった。そう書かれている」

「ウォルトがいない？　そんな馬鹿な……」

渡された報告書に目を通す。確かにそこにはアルバートが言った通り、『ウォルト』なる人物は存在しないと書かれてあった。

「嘘……」

「お前に名乗った名前はおそらく偽名だったのだろうな。……なるほど。噂をばらまくために故意にお前に接触してきた、といったところか」

「は？」

アルバートの考察を聞き、報告書から顔を上げた。

彼がポカンとしている私の手から報告書を抜き取る。ポンと頭をはたかれた。

「でなければ、わざわざ偽名を用いてお前に近づく理由が分からないだろう？　目的は間違いなく、噂の火種になることだろうな。男の身元を調べると同時に本人を捕らえようと庭を張らせていたが、その男らしき人物はここのところ全く姿を見せていないようだ。おそらく役目を終え、見つかる前に姿を消したのだろうな」

「……一体なんのためにそんなことを……」

「さて、それは本人に聞いてみなければ分からないが。こうなれば人海戦術だな」

仕方ないという風にアルバートは肩を竦めた。

「王宮に保管してある全貴族の絵姿を一枚ずつ確認するより他はないだろう。王宮に自由に出入りできるのは貴族くらいのものだ。虱潰《しらみつぶ》しに探していけばいずれは見つかるだろう。ヴィオラ、ウォルトなる男の人相は覚えているな？」

問いかけに慌てて頷いた。

「お、覚えてる。大丈夫よ。あと、貴族というのも間違いないと思う」

ウォルトは平民が簡単には手にできないような上質な生地を使った服を着ていたし、服に着られているという感じもなかった。

「ちょっと軽薄な印象はあったけど、多分育ちはいいんだと思う。発音も上流階級の人間のものだったし……」

貴族と平民では発音やイントネーションが微妙に違う。話し方で「ああ、この人は貴族なんだな」と分かることも多いのだ。

「言葉は自然だったし……うん、間違いない、と思う」

「そうか。それならやはり絵姿を一枚ずつ確認する方法が早そうだな。ヴィオラ、こちらに絵姿を持ってこさせる。悪いがお前も一緒に見てくれ。実際の人物に遭遇したのはお前だけだ。最後の確認はお前にしてもらわなければならない」

「分かってる」

手伝わせてもらえるのは有り難い。自分のことなのに待っているだけというのが一番辛いのだ。

「私、頑張るから」

拳を握り、宣言するとアルバートが釘を刺してきた。

「作業は必ずこの離宮内ですること。外に出るなというのは前と同じだ。分かっているな？」

「分かってる、分かってる」

「……本当だろうな」

いまいち信じがたいという顔をされたが、ようやく手伝わせてもらえると上機嫌の私は全く気にしなかった。

第五章　最後のイベント

絵姿を確認する作業を開始してから二週間後、私は離宮でお茶会を開いた。

お茶会を開くのは、実はこれが初めてだ。

何せ私は今までずっと嫌われ者の令嬢だった。お茶会の誘いをしたところで来てくれるような強者がいるとも思えない。だが、今の私ならどうだろうか。

次期国王の婚約者。そして今回の降って湧いた『浮気話』。噂好きの人たちは私を突《つつ》きたくて堪らないだろうし、次期王妃となる私と親しくなりたいと考える者もかなりの数いると思う。

そう考え、招待状を送ったのだが、有り難くも全員から参加の返事があり、今日の運びとなったのである。

◇◇◇

「ヴィオラ様のお茶会に招待されるなんて光栄ですわ」

「本当に。お招きありがとうございます」

「遅くなりましたが、ご婚約おめでとうございます。その指輪、とても素敵ですわ」

やってきたのは、アルバートとゼインから教えてもらって招待状を送った有力貴族の娘たちだ。

彼女たちも以前は私の噂を信じ、話そうともしなかった人たち。

だから招待状を送ったところで来てくれるかどうかは賭けだったのだが、彼女たちは私の今の立場を考慮したらしかった。

いくら以前遠ざけていた人物であっても、今は王太子の婚約者だ。その私に誘われて行かないなどあり得ない。彼女たちはそう判断したのだ。それは貴族としてとても正しいと思う。

やってきた彼女たちは、皆、吃驚するほど綺麗に着飾っていた。流行の型のドレスに髪型。宝石がたくさんついた三連のネックレス。八センチは高さがあるだろうヒールなど、どこを見ても隙がない。

——聞いていた通りだ。

彼女たちがそういう格好をしてくるだろうことは事前にゼインから聞いて分かっていた。だから私も可能な限りのお洒落をして挑んだつもりだ。

髪を上品に結い上げ、仕上げにキラキラとした粉を振った。ドレスも最新の流行を意識したものを選んだ。

スカートの膨らみを抑えたエンパイアラインが今の流行。胸の下辺りで切り返すすっきりとした形が動きやすく可愛いと人気を呼んでいる。私が選んだのはクリーム色とワインレッドが美しいタフタのドレスだ。ウエストの高い位置を太いベルトで留めることで、視線を上に上げることに成功している。

ヒールも少し無理をして高さのあるものを選んだ。ふくらはぎの辺りが辛いが、お茶会の間くらいならなんとか耐えることができるだろう。

化粧は柔らかめに仕上げ、爪にも優しい色を塗った。

あの婚約破棄イベントの時よりよほど力を入れた格好。やりすぎかと心配していたが、やってきた女性たちを見れば、正解だったと言うしかない。

皆、キラキラと輝いていて、なるほど有力貴族の娘たちなのだなと納得だった。

いや、私も侯爵家の娘なのだけれど、こういう集まりは初めてなので色々と驚いてしまうのだ。

「お招き、ありがとうございます」

招待した中には、ゲームヒロインであるカノンもいた。

彼女を呼ぶことで、私が以前あった婚約破棄のことを全く気にしていないと婉曲的に皆に伝えることができるからだ。

そんな彼女もまた可愛らしい格好をしていた。襟ぐりの開いた薄いグリーンのドレスがよく似合っている。

あれからカノンは無事、エミリオと婚約したらしい。彼女の指には彼からもらったであろう指輪が輝いていた。

「婚約おめでとう」

礼儀だろうと思い声を掛ける。何故かカノンからは睨まれた。すぐに視線を逸らされたが。

「？」

疑問に思ったが、理由を考えているような時間はない。全員に声を掛け、離宮の庭先でのお茶会が始まった。

話題は主に王宮のこと。すぐに私の噂話をされるかと内心身構えていたが、さすがに皆高位の令嬢だけあり、下世話な話などは一切なかった。和やかな時間が流れていく。

それを破ったのは、カノンだった。

「皆様、ご存じです？　あの噂のこと」

意地悪く笑い、私をチラリと見る。一瞬で、彼女が何を言おうとしているのか理解した。

「ヴィオラ様ってば、アルバート殿下という御方がいながら、どこぞの男と浮気しているのだとか。もしその噂が真実だとすれば、アルバート殿下があまりにもお気の毒。ねえ、皆様はどう思われますか？」

声が弾んでいる。

どうやらヒロイン様は私を追い詰めることができて楽しいようだ。というか、私は彼女にずいぶんと嫌われているみたいである。

——どうして……いや、考えてみれば当たり前か。

ヒロインの大事なイベントを思いきり潰した自覚はある。恨まれてもある意味当然かもしれない。実際、婚約破棄イベントの会場からアルバートと帰る時、かなり恨み節をぶつけられていたことを思い出せば、彼女に憎まれていると言われても納得しかなかった。

私としては、無事に狙いのキャラであるエミリオと婚約できているのだから、私が彼女の思う通りに動かなかったことくらい広い心で許して欲しいと思うのだけれど。

そういう意味では、アルバートも同じくらい彼女に恨まれているような気がする。

——うーん、これは仕返しみたいなものなのかな。

皆の前で私に恥を掻かせてやろうとでも考えているのだろう。

餌を与えられたカノン以外の令嬢たちは、話題を振ってくれたのをこれ幸いと、好き放題言い始めた。

「アルバート殿下がお気の毒ですわ」

「いえでも、今回も噂に過ぎないのではなくて？　ほら、以前もヴィオラ様は噂に悩まされていたではありませんか」

「でも……そうだとしたら、ずいぶんとヴィオラ様は恨みを買っていらっしゃるってことになりますわね」

「まあ、恐ろしい。でも、噂をお知りになられたら、アルバート殿下はきっとがっかりなさると思いますわ」

「それはそうよ。せっかく無実の罪を晴らしたというのに、また婚約者が新たな噂の種になっているのですもの。いい加減、愛想も尽きるのではないかしら」

ニコニコと実に嬉しそうである。

愛想を尽かされて欲しいんだろうなあというのが丸分かりだ。

その辺りどうなの、と言わんばかりに皆の視線が私に集まってきた。

水を得た魚のようにカノンが私に尋ねてくる。

「ヴィオラ様、是非、ご説明をお願いしますわ」

説明すれば説明するほど、どこか嘘くさくなってしまうことをカノンは分かっているのだ。むしろだからこそ、説明させようとしている。皆が「やっぱり」と思うように話を持っていこうとしているのが手に取るように分かった。

さあ、と言わんばかりにカノンが私を見つめる。ちょうどそのタイミングで、新たな人物がやってきた。

「その必要はないな」

姿を見せたのはアルバートだった。彼はひとりの男性を後ろに従えている。左目を前髪で隠したベビーフェイスの男を私はよく知っていた。

なぜならつい数日前、絵姿から彼を発見し、アルバートに報告したのは他ならぬ私だからだ。

アルバートに連れられた彼は気まずそうな顔をしつつも逃げるつもりはないようで、借りてきた猫のように大人しかった。

「アルバート殿下！」

令嬢のひとりが甲高い声を上げる。お茶会にアルバートが現れたことに驚いたのだろう。彼の参加予定を教えていなかったのだから彼女たちが吃驚するのも当然だ。

アルバートは男を連れたまま、私の側へとやってきた。全員が慌てて立ち上がる。

「な、何故殿下がこのようなところに……」

別の令嬢が話し掛ける。

すでにアルバートは王太子として活動を始めている。そんな彼がわざわざ婚約者のお茶会にやってくるとは思わなかった。そう彼女の顔には書いてあった。

アルバートは彼女たちの顔をゆっくりと見回してから口を開く。

「何故？　分からないか？　オレは婚約者について回っている妙な噂が真っ赤な嘘だという証明に来ただけだ」

「真っ赤な嘘……ですか？　殿下、どういうことでしょう。まさか今回のお話にも噂を広めた犯人がいるということでしょうか」

令嬢の質問にアルバートは頷いた。そうして後ろを振り返る。

「オレの婚約者の妙な噂。それが流れることになった原因はこの男だ」

「えっ……」

全員の目が後ろの男に突き刺さった。

男は気まずそうにしていたが、アルバートに睨まれると諦めた……というか降参とでもいうように両手を挙げた。

「はいはい。殿下のおっしゃる通り、僕がヴィオラちゃんの噂相手。……っていうか、ヴィオラちゃんとは別になんにもないんだけどね。僕はただ妹に頼まれたからやっただけだし」

妹、と言いながら彼が見たのはカノンだった。そのカノンはといえば青ざめ、可哀想なくらいに全身を震わせている。

アルバートが地面に向かって指を指す。男は「はーい」と言いながら着ている服が汚れることも気にせず、何故かその場に両膝をついて座った。いわゆる正座のポーズである。

どこまでも軽い態度の彼をアルバートは睨み、吐き捨てるように言った。

「この男は偽名を名乗り、ヴィオラに近づいた。怪我をした振りをして肩を貸してもらい、その様子をわざと不特定多数に目撃させた。その後は定期的にヴィオラに纏わり付いたというわけだ。そうすれば、簡単に噂が流れる。ヴィオラがオレ以外の男と親密な関係を築いているらしい、とな」

言いながらアルバートが男の頭を強めに叩く。男は大袈裟に頭を押さえた。

「痛い、痛いってば、殿下。僕、ちゃんと話してるでしょ。鍛えてなんてないんだから乱暴にされるとキツいんだよ」

「知るか。まだ話していないことがあるだろう。さっさと言え」

「はーい」

気の抜けたような声で返事をし、男――ウォルトは体勢をかえた。その場であぐらをかき、私に視線を向ける。

「僕の本当の名前はダミアン・ラズベリーって言うんだ。まあこれで分かったと思うけど、そこにいるカノンの兄だよ。カノンがね、ヴィオラちゃんのこと嫌いだから陥れるのに協力して欲しい～って言ってきたの。僕はそういうのどうでもよかったんだけど、好きなだけ報酬をくれるって言うからさ。ちょうど金欠だったんだよね。バイトだと思って引き受けたってわけ。あ、ヴィオラちゃんは浮気なんてしていないよ。僕が一生懸命声を掛けてるってのに殆ど無視してくれるんだもん。あれは傷ついたよね〜」

ケラケラと笑いながらとんでもないことを言うウォルト……いや、ダミアンを私は信じられない思いで凝視していた。

だって『ノーブル★ラヴァーズ』はかなりやりこんだが、ヒロインに兄がいたなんて記憶はない。というか、こんなキャラがいたことすら知らなかったのだ。

絵姿を見て、彼の正体を特定した時もかなり戸惑った。

ヒロインの兄なんて、モブであるわけがない。実際ダミアンは攻略キャラと言っても違和感がないくらい整った顔立ちをしているし、追加キャラか何かかと本気で考えた。

もちろん、答えなんて出ないのだけれど。

今、ヒロインの兄だと名乗る彼を改めて見ても、やはりゲームにはいなかったように思う。

ダミアンがカノンを指さしながら話を続ける。

「えっと、一応言っておくと、噂を流したのは、妹ね。僕はやってない。僕は言われた通りヴィオラちゃんに近づいて、できるだけ一緒に行動するように頑張っただけだから」

そう言い、口を閉じる。

くるりと振り向き、アルバートに言った。

「ねえ、殿下。僕は全部言ったよ。これで許してくれるんだよね？　そういう取引だったよね？」

どうやらアルバートは、全てを明らかにする代わりに罪を問わないという交換条件を持ち掛けていたらしい。彼は苦々しげな顔をしていたが、それでもはっきりと頷いた。

「いいだろう。約束通り今回は目を瞑ろう」

「やった。あー、良かった。こんなことで罰されるとか冗談じゃないからね。そういうことだから、カノン。僕がお前に付き合ってやれるのはここまでだよ。あとはお前の好きにやりなね」

「ちょ、ちょっと待ってよ！」

カノンが話を遮るように兄に向かって手を伸ばした。皆が自分を見ていることに気づき、焦りながら言う。

「ちょ、こっち見ないで！　私、何も知らないわよっ！　そんなこと兄さんに頼んでないから！　これは兄さんが勝手に……！　私は無実なの!!」

「えー、僕に罪をなすりつけるとか止めてくれる？　言い出したのはお前じゃないか。僕はね、長いものには巻かれたいの。その方が長生きできるからね。お前と殿下じゃ、どちらに味方するのが得か、考えなくても分かるだろう？」

「最低！」

「それはどうも。でもお前も同じくらい最低だと思うよ？　だってヴィオラちゃんの悪い噂を流して、殿下から見限られればいいって思ってたんでしょう？」

にっこり笑って告げる兄を、カノンは信じられないものを見る目で見つめた。

ワナワナと身体を震わせる。

「わ、私……そんなこと……やってない」

「嘘、やったよね。僕、証言してもいいよ。妹に頼まれてヴィオラちゃんに近づきました～って。さて、皆はお前と僕のどちらの言葉を信じるだろうね」

「そ、そんなの私に決まってるわ」

「本当にそう思う？　それなら周りを見てみろよ。誰がお前のことを信じてる？　ほら、誰もいないだろう？」

ハッとしたようにカノンは周囲を見回した。だが、誰も彼女と視線を合わせようとはしない。皆、誰が本当のことを言っているのか、気づいているのだ。

アルバートが犯人だと言って連れてきた男、ダミアンが真実を語っているのだと。

そうなると必然的に嘘を吐いているのはカノンということになる。

「わ、わ……私……」

「見苦しいよ、カノン。いい加減自分がやりました～って認めたら？　その方が罪も軽くなるんじゃない？　お前の婚約者にだって愛想を尽かされないで済むかもよ？」

「は？」

笑いながら言った兄の言葉に、カノンがビクリと肩を揺らした。そうして兄を睨み付ける。その目には憎悪が宿っており、ダミアンが彼女の地雷を踏んだことが分かった。

「エミリオ様に愛想を尽かされる？　はっ、何を言ってるのよ。そんなのとっくの昔に尽かされているに決まっているでしょう!?　あの人は私を婚約者に迎えておきながら何人も愛人を囲って、私のことなんて全然見てくれない！　こんなはずじゃなかったのに！　私はエミリオ様のただひとりの妻として愛されるはずだったのに!!」

「……」

悲痛な声で叫ぶカノン。彼女の言葉を聞いた私は、今カノンが置かれている状況を正しく把握してしまった。

——彼女、エミリオのバッドエンドに行ってしまったんだ……。

数あるバッドエンド、そのうちのひとつ。

バッドエンド『私だけを愛して欲しかった』。

これはエミリオと婚約できるものの、たくさん愛人を囲った彼に段々相手にされなくなり、ついには見捨てられてしまうというエンドである。

まさかカノンがバッドエンドを迎えているとは思わなかったので、とても驚いた。

だって彼女はこのゲームの内容をきちんと知っているようだったから。

一番難しいエミリオルートだって、あの婚約破棄イベントの時までは正解を進んでいたように思う。それなのに何故……。

驚きのあまり彼女を凝視していると、私の視線に気づいたカノンが言った。

「あんたのせいよ！　あんたがちゃんとイベントをこなさないから！　だから全部狂ったんだわ！　エミリオ様が愛人を作るようになったのもあのあとからだったもの。……約束してくれたのに。私と結婚したら、私だけを愛してくれるって言ってくれてたのに！　あのイベントの時、私がギャアギャア言っていたのがうるさくて愛が冷めたって、こんな女だと思わなかったって……。約束だから婚約はしたけど、ひとりだけに縛られるのは御免だって……そんな風に言うのよ！　全部あんたのせいじゃない!!」

話を聞いて、彼女がバッドエンドに足を踏み入れてしまった理由が分かった。

エミリオは、自分の後ろを大人しく付いてくるような女性が好きなのだ。あの婚約破棄イベントの時、カノンは最後までうるさく騒いでいた。その時の彼女を見て、気持ちが冷めてしまったのだろう。

なんとも言えない気持ちで彼女を見る。私の目に同情が浮かんでいることに気づいたのだろう。カノンはますますいきり立った。

「何よ！　同情してるつもり!?　それならあんたも私と一緒に不幸になりなさいよ！　悪

役令嬢のあんたが幸せになってヒロインである私がバッドエンドなんて許せないもの！　こんなはずじゃなかった。分かってた。分かってたのよ。エミリオ様がどんな女性が好きかなんて。だからずっと気をつけてた。完璧だった、あの時までは完璧だったのに……」

悔しいと小さく呟き嘆く彼女は、自分がバッドエンドに行った理由をきちんと分かっているようだった。

でも、だからこそ許せないのかもしれない。

「やり直したい……リセットボタンを押したいの。そうしたら今度こそ上手くやるから……あの人の好きな私であり続けるから。お願い……お願い、やり直させてよ……」

悲痛な声が心に突き刺さる。

カノンが心から後悔しているのが伝わってくる。だけど、駄目なのだ。

この世界は確かにゲームなのかもしれないけど、それと同時に現実でもあるのだ。

だからリセットボタンは存在しないし、一回こっきりでやり直しはできない。現実とはそういうものなのだから。

「ここが現実でリセットボタンがないのは分かってる。でも、それならせめて道連れをちょうだいよ。それくらい望んだって構わないでしょう？　私だけなのは嫌。私だけ不幸なのは嫌なの。あんた。悪役令嬢だったあんたなら道連れにしてもいいわよね。だって、元々不幸になる予定だったんだもの！」

——そういうことか。

彼女の言葉を聞き、今回の事件を起こした動機が分かった気がした。

彼女はバッドエンドに落ちる仲間が欲しかったのだ。

ひとりだけ不幸になりたくない。それだけのために、彼女は私を陥れようとした。

その気持ちは分からなくもないけれど、だからと言って、付き合えるかどうかは別問題だ。

少なくとも私は、今の今まで友好関係を築くどころか、自分のことを蛇蝎の如く嫌っていた相手と一蓮托生になってあげてもいいなんて思えない。地獄に落ちるならひとりで落ちろ。

悪いけれど、それが本音だ。

私が一緒に地獄に落ちてもいいと思えるのはアルバートだけ。彼とならまあそれもいいかとその手を取れる。

結局、その相手のことをどう思っているかということなのだ。

白けた気持ちでカノンを見る。カノンはまだ自分勝手なことを喚いていた。

「あんたも私と同じようにアルバート殿下に嫌われればいいのよ。婚約破棄されて放り出されてくれたら少しは溜飲が下がるってものだわ。そう思ったから、兄さんを使ったのに。兄さんは性格はクソだけど、顔だけはいいから。なのにどうしてこんな結末になるのよ。

兄さんは私をあっさり裏切るし、あんたは結局ヒーローに助けられている！　何よ、ヒロインは私よ。あんたじゃないわ!!　これは悪役令嬢が幸せになる話なんかじゃないの！」

あらん限りの声で叫び、カノンは私を睨み付けた。その目には涙が光っている。

「悪役王子だっておかしいわよ。彼はクーデター未遂イベントを起こすはずなのに。逆に真の首謀者を捕らえて王太子になるなんて、そんなのゲームではどのルートでもなかった。何よ！　揃いも揃ってストーリーにないことをしないでよ。だから私がバッドエンドに行く羽目になるんじゃない！　全部あんたたちのせいよ!!」

「……そのよく動く口を、いい加減閉じろ」

めちゃくちゃに騒ぎ立てるカノンを止めたのは、アルバートだった。

ビクリとカノンが震える。

彼の声は静かだったが、逆らいがたい響きがあった。

「お前が訳の分からない逆恨みで、ヴィオラの妙な噂を流していたことはよく分かった。王族の婚約者にそのような真似をして、そのままで済むとは思っていないな？」

「わ、私は悪くないわ……。これは当然の権利なのよ。そ、それに、その女に近づいたのは兄さんで私じゃないわ。私はただ、ふたりが歩いているのを見て、もしかしてって思ったことを言っただけ。罪を問われるとしたら兄さんよ」

震えつつも兄を指さすカノン。指名されたダミアンがうんざりした顔をした。

「ほら、殿下。僕が言った通りだろう？　妹は絶対に僕に罪をなすりつけようとするって。いやいや、おかしいとは思ったんだよね。日頃、僕のことが大嫌いで側に寄ろうともしなかったのに、いきなり『ヴィオラを誘惑して』だもの。いや、金欠気味だったからまあいいかって軽い気持ちで引き受けた僕も悪いとは思うよ？　だけどねえ、僕がお前の指示で動いたことは確かだから、その辺りは変に曲げられると困るなあ」

「う、うるさい！　名前も出なかったモブのくせに！　モブがヒロインである私の役に立てるのは嬉しいでしょう？　喜んで私のために働きなさいよ！」

「そのモブっていうの。昔からお前が僕に言ってる言葉だけどさ、すっごく不愉快なんだよね。僕、その頃からずっとお前のことが嫌いだったんだ。今回、殿下たちに見つかったのはしくったなって思ったけど、こうしてお前の悪事が明るみに出たことはすごく嬉しいよ。ざまあみろとしか思わないな」

「最低！」

「お前がね。あー、清々した」

あっはっはと高らかに笑うダミアンは憑き物が落ちたように本当にさっぱりとした顔をしていた。

彼は『モブ』と言われるのが嫌だったと言った。カノンはゲームに出てこなかった彼を『モブ』と称したのだろうが、ダミアンだってこの世界に生きている生身の人間なのだ。

その他大勢みたいな言い方や扱いを実の妹からされて、良い気分になるはずがない。

彼がどうして妹を庇わなかったのか、その理由がよく分かった。

「父上たちには、僕からお前と縁を切るようにって言っておくから、こっちのことは気にしなくていいよ。お前はお前でひとりで自由に生きるといい。ま、その機会が与えられれば、だけどね」

「このクソ野郎!!」

喚くカノンと笑うダミアン。対照的なふたりを、私も他の参加者である令嬢たちもただポカンと見つめることしかできない。

アルバートが溜息を吐き、短く命じた。

「もういい。その女を連れていけ」

「はっ!」

アルバートの命令を受け、いつの間にか彼の後ろに控えていた兵士たちが、カノンに近づいた。

カノンは抵抗したがすぐに捕まり、兵士たちによって連れられていく。

私は急いでアルバートに駆け寄った。アルバートはうんざりとした顔をしている。

「ア、アルバート……大丈夫?」

「……ああ、最初は怒りに任せて斬ってやろうかとも思ったのだがな。話を聞いているうちにこちらが手を下すのも馬鹿らしくなった。あれには法に則った罰を受けさせる」

「う、うん。その方がいいと私も思う」

斬ろうと思ったたと告げた時のアルバートの顔は酷く冷えていて、彼が本気でそう考えていたことが分かる。確かにカノンには振り回されたが、死んで欲しいとまでは思っていないので考え直してくれて助かった。

というか、アルバートに私のことで人を殺して欲しくなんてなかったのだ。

大体、彼女がしたことは、兄を使って誤解されやすい状況を作り、噂を流しただけ。それだけで処刑というのはあまりにも残酷ではないだろうか。

「オレからしてみれば、お前を貶めた時点で極刑にしても足りないところだが？」

「こわっ。そういうの、本当に止めてよね。法に則った罰を与えてくれれば私はそれで十分だから」

「……お前は優しすぎる」

「そうでもないよ」

アルバートの言葉に否定した。

私が優しいなんてそんなことあるわけがない。

私はただ、責任を負いたくないだけ。自分のせいでカノンが死んだ、なんてことになったら、私はきっと一生それを背負い続ける。その覚悟がないだけだ。

正しく裁かれるのなら、責任を感じずに済む。私は狡い女なのだ。

「ともあれ、これで終わったな」

「……うん」

アルバートの言葉に頷く。

すっかりお茶会どころの話ではなくなってしまった。

残ったのはどうすれば良いのか分からず右往左往している出席者の令嬢たちと、何故かアルバートの後ろで正座をし出したダミアン。

鳥が高い声で鳴いているのがよく聞こえる。

「……これにて一件落着？」

めちゃくちゃな状態ではあるが、多分そうなのだろう。

首を傾げつつ、混沌のお茶会は幕を閉じた。

◇◇◇

怒濤のお茶会から二週間ほどが過ぎた。

私は離宮に引き籠もっていたので知る由もなかったが、ゼインによれば、あれ以来私の噂はぱったりと止んだそうだ。

「お茶会に参加していた令嬢たちが話して回ったようですね」

彼女たちは国の有力者の娘で、周囲に対してかなりの影響力がある。そうなるだろうと思い彼女たちをお茶会のメンバーとして選んだのだが、予想通りだった。

「今やあなたは完全に被害者扱いです。以前の噂もありますからね。運がお悪い、可哀想な方とむしろ同情を集めています」

「同情……まあいいけど」

嫌われたり避けられたりしていた時のことを思い出せば、同情だろうと構いやしない。優しくしてくれるというのなら、優しくされたいのだ。

国王にも噂は届いていたらしいのだが、それはアルバートが直々に否定したそうだ。証拠として犯人も捕らえたと言えば、国王もそれ以上は追及せず、引き下がったとか。

こんな女、息子の嫁には相応しくないと言われたらどうしようかと思っていたから、話を聞いて心底ホッとした。全ては解決したのだ。

そう、私が心配することはなくなった。

となると、あとは私の問題だけというわけで。

ここ数日ほど、私は一体どうやってアルバートに告白するべきかとそればかりを悩んでいた。

彼と顔を合わせた時にでも話の流れで言ってしまえば良い。そうも思ったが、言うぞ、言うぞと構えれば構えるほど口は固まり、声のひとつも出てはこない。

自分がこんなに緊張する性質だとは知らなかった。

とはいえ、告白しないという選択肢はない。

アルバートが今も私の返事を待ってくれているのは知っている。時折物言いたげな目で私を見てくることには気づいていたし、その流れで好きだと言おうとしたことだって何度もある。

でも、駄目なのだ。

決意して彼の顔を……正確には目を見た途端、信じられないほどの緊張が私を包んで、一言も発せなくなる。恥ずかしいし、何を言おうとしていたかぱんっと忘れてしまうのだ。

そうしてアワアワしているうちに、時機を逸してしまうというのがこれまでの私だった。

「これでは駄目。ちゃんとしないと」

いくら緊張するからと言って、このままにしておくわけにはいかない。アルバートも待っているし、何より私が彼とちゃんと恋人になりたいと思っているのだ。

だから私は今度こそと決意した。

意志薄弱な自分を追い込むために、夜にナイトウェアでアルバートの部屋に押しかけるという特攻を決行することにしたのだ。

夜に異性の部屋を、ナイトウェアで訪ねる。これは誰がどう見ても夜這いだ。

抱いて欲しいのかと取られても仕方ない、そういうシチュエーションである。

そこまで持っていけば、いくら私でも告白だってできるだろう。いや、告白できなくてもアルバートだって状況からある程度は察してくれるだろうという、相手に判断を委ねる小狡い方法でもあった。

――コンコンコン。

ワンピースのような形をした薄いナイトウェアの上に分厚いストールを羽織り、私はついに作戦の決行に出た。

そろそろ就寝すると思われる時間帯にアルバートの部屋の扉を叩く。すぐに返事があった。

「なんだ。ゼインか？」

「アルバート。その、私だけど」

「ヴィオラ!?」

次の瞬間には扉が開いていた。驚きすぎて目を丸くする。そこには風呂上がりでナイトガウンを着ただけのアルバートがいた。

「わあ……」

珍しく間の抜けた顔をしている。

完全にオフの姿だ。そんな彼を見るのは久しぶりで、ここのところ王子としての彼としか接していなかったのだなと気づいてしまった。

婚約者でもなんでもなかった時の方が、よほど自然な彼を見ていたし、距離だって近かった。今は誰よりも近い位置にいるはずなのに、妙に距離を感じている。

——うん、そんなのは嫌だな。

改めて思った。私はアルバートに近づきたい。そのためには何をすればいいのか。鍵はもう握っている。

私はアルバートに見えないよう後ろに隠した手で握り拳を作り、自らに気合いを入れた。深呼吸を一回。そうして口を開く。

「その、ちょっと話があって。入れてくれる？」

「は？　こんな時間にか？　明日では駄目なのか？」

アルバートの目が私の夜着に行った。こんなものを着て、男の部屋に入るとは正気かと言いたいのだろう。

残念ながら、もちろん正気だ。私はそれを利用して彼に告白しようと思っているのだから。

「今でなければ駄目なの。いいから入れて。それに今更でしょ？」

今は何もないが、以前はかなりの回数、肉体的接触を行っていたのだ。今更貞操がどうのこうの言われても、「いや別に」と思うだけだし、ぶっちゃけ、そうなっても構わないと覚悟してここまで来ている……というか抱いて欲しい。

好きな人に触れられたいと思って何が悪い。

触れられたことがなければ私もここまで思わなかったかもしれないが、彼に触れられて満たされた経験があるからこそ、今の何も接触のない状況が嫌だと思う。

「……分かった」

私の顔を見て、引く気がないと理解したのか、アルバートが入室を促す。私は決意も新たに彼の部屋へと足を踏み入れた。

アルバートの部屋には何度も来たので、特に戸惑うことはない。

「適当に座ってくれ」

「うん」

近くにあったソファに腰掛けた。

「ゼインにお茶を淹れさせるか？」

「ううん。要らない」

緊張で喉は渇いていたが断った。

のんびりお茶を飲んで、また告白する勇気が挫けたらどうしてくれる。もう少しあとで……と考えていると告白できなくなることを、私は己の経験で知っていた。

あと、時間が経てば経つほど緊張してしまうことも。考えれば動けなくなる。

こういうのは先手必勝。つまりは何も考えず、とにかく口に出してしまえば良いのだ。

「それで？　話というのは？」

溜息を吐きながらアルバートが私の正面のソファに腰掛けようとした。彼が座るのを待つことなく、私は一息に言った。今しかないと思っていた。

「私、アルバートが好きなの」

「は？」

アルバートが中腰というとてもおかしな体勢で止まった。その面白い格好のまま私を見る。赤色の目が吃驚するくらい大きく見開いていた。

「あ、アルバート、面白い顔」

「……」

「えーと……もしもし？」

怒られると思ったのに何も反応がなかった。アルバートはまるで時間が止まったかのように微動だにしない。

なんだか心配になってしまった私は、ソファから立ち上がり彼の側へ行った。

「アルバート……大丈夫？」

腰を曲げ、下から彼の顔を見上げる。アルバートはパチパチと目を瞬かせた。奇妙な体勢は辛かったのかそのまますっくと立ち上がる。そうして私を凝視した。

「ヴィオラ」

「ん？　何？」

「今、なんと言った」

「アルバートが好きだって言ったんだけど、聞こえなかった？」

一度好きと口に出してしまえば、あれだけ悩んだのが嘘のように簡単に言葉にできる。

笑いながら言うと、彼は驚くほど強い力で私の腕を摑んだ。

「いたっ……」

「嘘じゃないな!?」

ものすごい剣幕で詰め寄られる。私はその勢いに押されつつも頷いた。

「う、嘘じゃないよ。っていうか、嘘なわけないじゃない。私はアルバートが好き。自分の力で運命を切り開いたあなたが好きなの。ううん、好きだって気づいた」

「……ヴィオラ」

「格好悪い話だけどね。あの浮気の噂を知った時に、あなたにだけは嫌われたくないって強く思って……それで分かったの。私はこんなにもアルバートが好きだったんだって……ひゃっ」

我慢できないというように引き寄せられ、抱きしめられた。その拍子にストールが音を立てて落ちる。久しぶりに感じる彼の匂いに全身の力が抜けた。

「ア、アルバート……」

「やっと言ってくれた……。オレも好きだ、ヴィオラ。お前のことを愛している」

「……うん、嬉しい」

彼の言葉を受け止める。喜びが身体中から溢れていた。

彼の背を抱きしめ、思いが通じ合った幸福感を全身で感じる。

こんなに簡単なことなら、もっと早く言えば良かった。ずっと緊張して口にできなかったなんて馬鹿みたいだ。

名実共に恋人となった男の身体に身を委ねる。吐息が首に当たり、擽ったかった。

「ふふ……擽ったい」

「少しくらい我慢しろ。オレは今、ようやく思いが叶った喜びを噛みしめているのだから」

「それは私も同じ。ねえ、アルバート。私、ずっと寂しかった。アルバートに触れてもらえないことがすごく寂しかったの」

「悪い。だが、お前に触れて、理性を保っていられる自信がなかった。一年離れて……ただ、お前を迎えに行きたい一心で全てを蹴散らして……ようやくその思いが報われてお前を連れ帰って……あの時、最後までせず止まることのできた自分を褒めてやりたいくらいだ」

「私は別に構わなかったのに」

「駄目だ。オレは……お前から好きという言葉を聞きたかったのだから」

「……うん」

優しい響きに胸が締め付けられるような気持ちになった。アルバートがどんな表情をしているのか見たくなって、ドキドキしながら顔を上げる。

「あ」

目が合った。アルバートの赤い瞳は熱く燃えていて、私を好きだと思っているのが一目で分かる。

――まるで炎に見つめられてるみたい。

深い赤色が瞳の奥で揺らめいている様子に魅入られた。

彼が自分を見ていることに限りない喜びを感じる。甘い疼きが胸に広がり、叫び出したいような気持ちになった。

「ヴィオラ」

ぼうっと彼に見惚れていると、いつの間にかアルバートの顔が近づいてきた。それに気づき、私は自然と目を瞑る。拒否しようなんて思わない。むしろ幸せで堪らなくて、早くという気持ちにしかならなかった。

「……好きだ」

触れるだけの口づけのあとに告げられた、低く心地よい音に陶酔する。

与えられた温度は以前、別れの時にしたものよりも熱く、私を焼き尽くしてしまいそうだった。それに釣られて、私の頭も沸騰しそうなくらいに熱くなる。ようやく触れてもらえたのが幸せで、私は衝動的に彼にしがみ付いた。

「私も好き」

溢れ出た思いを口にする。

幸せを噛みしめていると、アルバートは指で私の顎を持ち上げた。もう一度口づけが降ってくる。今度のキスは先ほどとは少し違った。まるで食べられてしまうかと思うような口づけだった。彼の唇が私の唇を何度も食む。嵐のような激しさに耐えきれず、思わず口を開ければ、今度は舌が捻じ込まれた。

「んっ……んんっ」

――熱い。

灼熱が捻じ込まれたのかと勘違いしてしまうような熱さに全ての感覚を持っていかれる。アルバートの舌は私の舌を見つけ出すと、実に遠慮なく絡み付いた。

「ふ……ん……」

彼の舌から熱さが広がっていく。それが怖くて逃げようとするも、アルバートは許してはくれなかった。容赦なく舌裏を擦ったあとは、口内をまんべんなく貪る。

頬の裏側に歯列、喉の奥まで。まるで全部を調べ尽くさなければ満足できないとでもいうような有様だ。私はといえば、彼の舌の動きに翻弄され、思考が完全に止まっていた。

アルバートが着ているナイトガウンの袖を震えながらもなんとか掴み、応えるだけで精一杯。頭の中は麻痺したように動かないし、自分が何をしているのかもよく分かっていない。

ただ熱と、それから生じる甘さにも似た感覚に酔ってしまっているだけだった。

唾液が口の中に溜まっていく。無意識にそれを飲み干した。薄らと目を開けるとアルバートは酷く嬉しそうに目を細めていた。

私の行動をアルバートが喜んでいる。それだけで痺れるほどの喜びが私の全身を駆け巡った。

「は……あ……」

ようやく満足したのか、アルバートが唇を離す。執拗に貪られたせいか、唾液が糸となり、ふたりを繋いでいた。

じゅん、と下半身が疼く。その感覚がなんなのか私はよく知っていた。

――どうしてだろう。

アルバートとは最後まではしていないものの、それに準ずる行為をしている仲だ。それなのに私は今、ただキスをしただけで感じてしまった。はしたなくも愛液を溢れさせてしまった。それが信じられなかった。

「ヴィオラ、抱いていいか?」

アルバートが熱を帯びた声で尋ねてくる。それに私は小さく首を縦に振ることで応えた。ようやく彼に触れてもらえると思うと、期待で身体が際限なく熱くなっていく。

「そのつもりで来たの。……お願い。今日は、最後までして」

彼の腕を摑み、強請るように言う。アルバートは目を見張ると「当たり前だ」と強く頷いてくれた。私を横抱きにし、ベッドへ向かう。

彼はかなりの細身だが力は強いようで、抱えられたまま歩かれても不安は感じない。私は大人しく彼の首に両手を回し、抱きついた。

まるで初夜の床に向かう花嫁のようだと思いながら。

「アルバート……」

ベッドに横たえられる。私は彼に向かって両手を伸ばした。私の胸はもうずっとドキドキしっぱなしで、このまま心臓が飛び出てしまうのではないかと本気で心配した。

アルバートがほうっと溜息を吐き、私の右手を摑む。

「……長く待ったが……ようやくオレのものになるんだな」

感極まったような響きに、私までうるっと来てしまった。知られたくなくて、できる限り強がってみせる。

「何言ってるの。私はずっとアルバートのものだったでしょう? ほら、指輪だってもらっているんだし」

指輪が嵌まった左手を彼に見せる。大きな宝石がついた指輪だが、私はもらってから一度も外していなかった。浴室に入る時など、外そうとしたことは何度かある。だが、どうしても実行できなかった。それが何故なのか少し考えていれば、私が彼へ抱く気持ちの正体ももう少し早めに分かったのかもしれないけれど。

――まあ、今こうして両想いになれたんだからいっか。

過去のことを言っても仕方ない。変えられるのはいつだってこれから先のことだけなのだから。

アルバートが私の差し出した手を取り、指輪に口づける。そうして私の目を見ながら口を開いた。

「――お前を心から愛している。どうかオレと結婚してくれ」

「えっ……」

告げられた求婚の言葉に、大きく目を見開く。アルバートはもう一度指輪に口づけた。

「やり直しだ。あの時のお前は、オレの求婚にとりあえずで頷いただけだろう？」

「そ、それは……そう、だけど」

「オレは、今のお前がなんと答えてくれるのか知りたいんだ」

「……アルバート」

彼が言いたいことをなんとなく理解し、身体を起こす。ベッドの上に座り、見つめ合った。

――うわ。

思わず胸を押さえる。自分でも驚くほどに緊張していた。

全身がぶるぶると震える。そんな自分を叱咤激励し、私は深呼吸をしてから口を開いた。

声が震えてしまわないように。

だってこれは、求婚の答えなのだから。できれば格好良く決めたい。

「……お受けします」

彼に聞こえるよう、はっきりと告げる。

恥ずかしいけれど、視線を合わせた。彼の目には分かりやすく歓喜の色が宿っていて、それに勇気をもらった私は、再度口を開く。

「私も、あなたのことを愛してる。あなたを他の誰にも渡したくないの。だから私をあなたの妻にして」

言いたいことを告げ、両手で彼の頬に触れた。そのまま顔を引き寄せ、自分から口づける。

唇が掠っただけの拙いキスだったが、私にはそれが精一杯だった。顔が酷く熱い。

真っ赤になっているだろうことは言われなくても分かっていた。

「これが、私の答え。……分かってくれた？」

「……ああ」

返事と共に今度は逆に抱き寄せられる。それに抵抗せず、身を任せた。

感極まった声が耳元に響く。

「……求婚に頷いてもらえるというのは、こんなにも嬉しいことなんだな」

「私も。改めてプロポーズしてもらえて嬉しかった」

別に最初の求婚が駄目だったわけではない。あれだって十分すぎるほど幸せを感じた。だけど自分の気持ちが伴った今の方が何倍も幸福だと思える。

――悪役令嬢だと諦めていた私が、こんな結末を掴めるなんて思わなかった。

何をしても嫌われるばかりで、世界の強制力に嘆いていた。国外追放されたあとにしか未来はないものと絶望していたのに。

アルバートだってそうだ。悪役王子として処刑されるはずだったのに。

未来が変わった切っ掛けはどこだったのだろう。

いや、そんなの考えるまでもない。私と彼が出会ったあの時。あそこがきっと分岐点だった。

偶然見かけたアルバートに気まぐれで声を掛けた。あれが全ての始まり。そこから全てが少しずつずれ、変わっていったのだ。

「ふたりで幸せになろうね」

アルバートに抱きしめられながら言う。

もう十分幸せだけど。

彼と一緒に生きるのなら、きっともっと幸せになれるから。

「――もちろんだ。お前と一緒なら、オレは幸せに生きていける」

「うん」

甘い響きに身を任せる。あとはただ、アルバートを全身で感じたいと思った。

◇◇◇

「ひっ……あっ……んっ……」

アルバートの手が動く度、身体が分かりやすく反応する。最初は焦らすようにナイトウェアを脱がせていたアルバートだったが、我慢できなくなったのか、すぐにその動きは速くなった。最後の一枚である下着を奪うように剝ぎ取ってから、まるで思い出したかのように己のナイトガウンの腰紐を外す。

ナイトガウンの下は素肌だ。上半身裸になったアルバートは、次に下着に手を掛けた。

「あ……」

彼が脱ぐ様子を凝視してしまう。今まで一度も脱がなかっただけに、妙にドキドキしてしまった。私の視線に気づいたアルバートが笑った。色気のある微笑みにカッと頬が熱くなる。

「なんだ。オレの裸に興味があるのか？」

「そ、そりゃあ……ね。だって、アルバートが全部脱ぐの、初めてだから」

「当たり前だろう。今日はお前を抱くのだから」

「うっ……」

はっきりと言葉にされ、ますます恥ずかしくなる。アルバートがついに下着を脱ぎ捨て、全裸になった。自然と下半身に目が行く。どう見ても普通サイズとは思えない大きさの肉棒が腹に反り返るほど立ち上がっていた。

——わっ、わっ、すごい……。

大きいし、太いし、とてもではないが私の中に収まるような気がしない。カリ首が広がった形のせいか、一種、凶器のようにも見える。竿の部分も興奮しているのか血管が浮き出ており、かなりの迫力だ。

まさかアルバートがこんな恐ろしいものを持っていたとはと戦きつつ、私はどこか期待している自分にも気づいていた。この長大な逸物に貫かれて、彼のものになるのかと思えば、下腹部が分かりやすく疼き出す。

「……怖いか?」

私が肉棒を凝視していることに気づいたアルバートが、反応を窺うように尋ねてきた。それに首を横に振って答える。

「ううん。……その、いよいよだなって、現実味が出てきたなって思っただけだから」

「……今更止めてやれないぞ」

「分かってる。それに、ちょっと期待もしてるから大丈夫」

恥ずかしかったが正直に答えた。ここで下手なことを言ってアルバートを傷つけたくなかったし、雰囲気を壊すのも嫌だったからだ。私の答えを聞いたアルバートは安堵したように笑い、私に覆い被さってきた。

「——好きだ」

「私も」

好意を口にし、アルバートが何度も唇を重ねてくる。それに必死で応えた。

これまでこういう行為をする時はキスをしないのが当たり前だったので妙な気分だが、だからこそ今行っていることが『好き』という感情を伴ったものだと実感できる。

「んっ……」

アルバートが下唇を優しく食む。そうして下腹部へと指を這わせた。期待ですでに濡れそぼっていたそこは、彼に触れられただけで痺れるほどの快感を私にもたらしてくる。

「あ……」

濡れているのを確かめるように指が前後に動いたあと、肉襞を掻き分け、中へと潜り込んできた。久々の感触に陶然としてしまう。

「んんっ……」

「ん？　気持ちいいのか？」

強請るような声を上げる私を見て、アルバートが嬉しそうな顔をする。

指はゆっくりと奥へと進んでいく。時折グルリと掻き回され、それに反応した膣壁がキュッと彼の指を締め付けた。

「そう急かせるな」

「ち、ちが……」

キュッキュと肉壁が収縮するのを挿入を強請っているとアルバートは受け取ったようだ。

さすがにそれは恥ずかしくて咄嗟に否定してしまう。

「そ、そういうわけじゃないから」

「なんだ。残念だな。そうだとしたら嬉しかったのに」

「っ」

「正直、オレは今すぐにでもお前の中に入りたい」

「～～!!」

耳に吐息が掛かる。興奮しきった雄の声が耳の中で何度も反響し、脳髄を揺らした。引き摺られるように全身の体温がグッと上がった気がする。

アルバートが耳朶を食む。大袈裟なほど身体を跳ねさせてしまった。ぞわりとした感覚が耐えられなかったのだ。だが、私の反応を面白がったアルバートは、今度は耳穴に舌を捻じ込んできた。

「ふあっ……」

ぬちゃという音が耳の中で響く。ゾクゾクとした感覚が全身を走る。それと同時に、膣内を探っていた指がゆっくりと出し入れを始めた。

「あっ……ああっ……！」

気持ちよすぎて、腹の奥が痛いくらいに締まる。舌が耳を嬲る動きも止まらなくて、段々呼吸が荒くなっていく。

「はっ……あっ……や……んっ……」

「なんだ、ヴィオラは耳が弱いのか？」

「んっ……そんなの……知らない……」

耳を他人に弄られたことなどないのだから分かるはずがない。

「ひぅ」

耳朶をべろりと舐め上げられ、情けない声が出た。その間も蜜口に埋められた指はゆるりとした抽挿を続けている。

「はあ……ああ……ああ……んんっ」

もう一本、指が中へと埋められた。中に入る質量が増え、息を詰める。膣壁は柔らかく彼の指を呑み込んでいた。中がうねる。同時に愛液がどろりと零れ出したのが分かった。

耳を執拗に愛撫していたアルバートが、今度は喉元に唇を押しつける。じゅうっと強く吸い付かれ、その気持ちよさにも感じ入ってしまった。

「ふあっ……！」

喉の少しへこんだ場所を舐められるとやけにむずむずする。こんなところが感じるなんて知らなかった。

「はっ、あっ、も、変なところばっかり……」

「変か？　ずいぶんと感じてくれているようだが」

笑いの混じった声にゾクゾクする。舌が、下へ下へと降りていった。ついに乳房へ辿り着く。膨らんだ部分を舌先で舐められ、ついでのように乳首を食まれた。その瞬間、きゅっと膣内を探っていた指を締め付けてしまう。

「ああっ……！」

アルバートが出し入れさせていた指の動きを変えた。隘路を広げつつも、私が弱い場所を指を曲げて刺激する。更にもう一度とばかりに胸の先を吸われれば、駄目だった。あっという間に達してしまう。

「ひっ、あああああっ……！」

気持ちいいのが電流のように身体中を駆け巡る。頭の芯が焼き切れそうなくらいの暴力的な快感に身体がついてこない。地上に放り出された魚のように身体を跳ねさせた。

イった衝撃で頭がクラクラする。まともにものを考えられない。

「はあ……ああ……ああ……」

荒く息を吐き、なんとか呼吸を整えようと努力する。身体が酷く重かった。碌に力が入らない。そんな私を見てアルバートが膣口から指を引き抜いた。そうして私の足を持ち、左右に大きく広げさせる。

「ア、アルバート……？」

熱を帯びた瞳が私を見つめていた。私を今にも焼き尽くしてしまいかねない、炎の目だ。

「もういいな？」

「あ……」

蕩けた蜜口に熱が押しつけられる。先ほど見た肉棒を思い出した。質量を感じるものが、二枚の花弁の奥に潜り込もうとしている。

今から何をされてしまうのか、さすがに説明されなくても分かっていた。

ようやく、彼のものになる時が来たのだ。

亀頭が蜜壺の浅い場所を確かめるように何度も擦る。場所が固定され、軽く力を込められた。いよいよ挿入されるのだと理解した私は、身体を大きく震わせた。

嫌だったのではない。これは、歓喜だ。

「……いい、よ」

この行為が自分の意思であることを伝えるため、彼の目を見て返事をする。アルバートは目を細め、幸せそうに笑った。

「ようやく、お前を抱ける。愛してる、ヴィオラ」

「ひあっ……！」

グッと腰を進められ、変な声が出た。肉棒が隘路を掻き分ける慣れない感覚に、身体が勝手に強ばる。

「っ！　ヴィオラ、力を抜け」

「わ、分かってる……」

こういう時に力んではいけないことくらいは分かっている。だけど駄目なのだ。力を抜こうとしても上手くいかない。目もぎゅっと瞑ってしまった。

「痛っ……」

肉棒が奥へ進もうとすると、それと同時に切れるような痛みが走る。これ以上先になんて行けない。行き止まりだ。そう思ってしまうくらいには苦しかった。

「アル……バート……もう……終わった？」

痛みのあまり、薄目を開け、彼に聞く。アルバートは困ったような顔をした。その額には汗が滲んでいる。

「いや……まだ半分も入っていない」

「半分……!? 嘘……！」

絶望の答えが返ってきて、目を見開いた。こんなにキツいのに、まだ半分も入っていないとかあり得ない。

泣きそうになっていると、アルバートが片手を伸ばしてきた。

「えっ……」

「少し力を抜いた方が入りやすい。お前はここが弱いだろう？」

「ひっ……！」

アルバートが触れたのは、硬くなったままの胸の先端だった。先ほど舌で愛撫されたその場所を今度は指が摘まみ上げる。

「やあんっ」

吃驚するくらい甘い声が上がった。リズミカルに乳首を摘ままれ、意識がそちらに向く。

「あっ、やっ……そこ……摘まんじゃ……！」

「気持ちいいだろう？」

「気持ちよすぎて駄目なの……」

先端を摘まれる度に、お腹の奥がキュンキュンする。

乳首を弄られるのが気持ちよくて、身体から自然と力が抜けた。

「はっあっ……気持ちいいよう……あっ⁉」

次の瞬間、それまで動きを見せなかった肉棒が一気に奥へと侵入してきた。あまりの衝撃に息が詰まる。

「痛いっ！」

遅れてやってきたのは先ほどまでとは比較にならないような強い痛みだった。まさに貫かれたという表現が正しいと思うくらいの激しい疼痛が私を襲う。

思わずギュッと目を瞑り、縋るようにシーツを握った。

そんな私を無視し、肉棒は更に奥へと入ってくる。もうこれ以上は無理だと思うのに、まだ拓けるだろうとばかりに私の身体を暴くのだ。

「ひあっ……あっ……」

はくはくと空気を求めて口を開け閉めする私に、アルバートが辛そうに言う。

「すまない。苦しいのは分かるが、もう少し我慢してくれ」

「う、うん……」

「好きだ、ヴィオラ……」

「わ、私も……」

コクコクと首を縦に振る。

早くこの苦しみから解放されたい。その思いで必死に痛みに耐えた。肉棒が容赦なく捻じ込まれていく。

「……ああ。全部入ったぞ」

ややあって、アルバートの声が聞こえた。恐る恐る目を開ける。至近距離で彼と目が合った。

「あっ……」

「よく我慢してくれたな。ありがとう、ヴィオラ。身体は大丈夫か？」

「……痛いけど、うん……平気」

本当はかなり辛かったけど、そこは頑張って見栄を張った。だってアルバートが今まで見たことがないくらい嬉しそうな顔をしていたのだ。こんな顔を見てしまえば、無理だとは言えない。

それに、私だって嬉しかったのだ。ようやく彼とひとつになれたのだという喜びが胸の中から溢れてくる。それに比べれば痛みなど大したことはないと言いきれた。

お腹の中は彼の肉棒でいっぱいだ。淫唇は限界まで広がり、蜜道もうこれ以上は無理だと、雄を締め付けている。全てを彼に埋め尽くされる初めての感覚に、私は陶然としていた。

——これが、好きな人と繋がるということなんだ。

「好き、アルバート……」

思わず口にすると、アルバートも目を細め、言葉を返してくれた。

「オレもだ。愛してる、ヴィオラ。世の中にこんな幸せなことがあるなんて知らなかった」

「……私も幸せ」

言われた言葉にジンとした。ああ、彼と繋がれて良かったと心から思った。

「はあ……ん……」

なんとか息を整える。アルバートがじっとしていてくれたおかげか、痛みは徐々に治まってきた。

熱を感じる余裕も出てきた。肉棒がドクドクと脈打っていることに気づき、甘い息が出る。アルバートが様子を窺うように聞いてきた。

「そろそろ動いても構わないか？」

「……え、あ、うん」

問いかけに頷く。彼が私の準備ができるのを待ってくれていたのは分かっていたし、疼きのようなものが私の中に生まれていたから、むしろ今は彼に動いて欲しかった。アルバートがそろそろと腰を引く。その瞬間、肉棒が膣壁を擦った。ぞわりとした気持ちよさが身体の内側から湧き起こり、艶めいた声が出てしまう。

「ああんっ……」

「痛いか?」

ピタリとアルバートが動きを止める。それが酷くもどかしかった。つい自分から腰を揺らしてしまう。

「ち、違う。そうじゃなくて……逆、なの」

「逆?」

「き、気持ちよくて……」

正直に告げると、アルバートは驚いた顔をしたが、すぐに嬉しそうに動きを再開させた。引いていた腰をまた奥へと押しつける。今までに経験したことのない愉悦が生じ、あまりの心地よさに身悶えた。

「あああんっ」

軽く打ち付けられただけだというのに、この気持ち良さはなんなのだろう。

甘い声を出し、身体をくねらせる私を見て、アルバートが安堵したように息を吐く。

「本当に、気持ちよさそうだな。痛みはもうないのか?」

「わ、わからない……さっきまでは痛かったんだけど、今はそれより気持ちよくて……」

もしかしたら痛みは残っているのかもしれないが、それを快楽が凌駕しているのだ。性交するのは正真正銘これが初めてだというのに、はしたなく感じてしまっている自分が恥ずかしかった。

「わ、私、初めてなのに、こんな……」

「お前が初めてだということは分かっている。最初から感じられるのなら幸運ではないか。オレも、お前が苦しんでいる姿は見たくない」

「……うん」

私を肯定してくれるアルバートの言葉にホッとした。身体から勝手に力が抜ける。

私の足を抱えたまま、アルバートが聞いてきた。

「ヴィオラ。気持ちいいと言ってくれるのなら、もう少し激しく動いても構わないか？」

「い、いいけど」

ドキドキしつつも首を縦に振る。アルバートが片手を伸ばし、私の頬を撫でてきた。手の温度が気持ちよくて、自分から擦り寄ってしまう。

「可愛いな。正直、お前の愛らしい姿を見ていると、めちゃくちゃにしてやりたくなるんだ。初めてだからと我慢しているが……その、できればもう少し乱れたお前を見たいなと……」

言われた言葉を理解し、真っ赤になった。

可愛いとか、愛らしいとか言われて嬉しかったのだ。

我ながら単純だとは思うが、仕方ないではないか。だって、私はアルバートのことが好きなのだから。

「ヴィオラ、愛してる」

アルバートが勢いよく腰を振りたくる。先ほどよりも速くなった動きに、私はすぐに翻弄された。ただ肉棒を出し入れされているだけなのに、どうしてこんなにも気持ちいいと思えるのかさっぱり分からない。

「あっ、んっ、んんんっ……！」

特に腰を押しつけられた時に得られる快感が半端なかった。思わず男根を強く締め付けてしまう。

そんな私を見て、アルバートが低い声で言う。

「可愛い、ヴィオラ」

「ひあっ」

腹の奥が自分の意思とは無関係に収縮した。アルバートの言葉に身体が応えたのだろう。あまりにも分かりやすすぎる反応に、彼が目を細める。

「なんだ、可愛いと言われて嬉しかったのか」

「あっ、あっ、やっ……」

「お前は……本当に……可愛いな」

腰をぶつけられ、身体がゆさゆさと揺れる。まともに返事ができない。蜜壺は愛液で蕩け、もはや痛みなど微塵も感じなかった。ただひたすら快楽が降り注ぐ。肉棒が抽挿される度、淫唇に擦れた。膣壁を刺激されるのと相まって、気持ちよくて堪らない。

「あっ、あっ、気持ちいい……気持ちいいの……！」

与えられる快感を受け止めきれなくて涙が出てくる。足を抱えていたアルバートが手を伸ばし、乳房を揉みしだき始めた。中を肉棒で暴かれながら胸を揉まれると、また新たな悦楽が生み出されていく。

部屋に私とアルバートの荒い呼吸音と、肌と肌がぶつかり合う音が響く。

「はっ、あっ、あっ、あっ……！」

「ハア……中が絡み付いてくるようだ。もっと強くしても大丈夫か？」

「う、うん……んんっ」

もっとという言葉にドキッとしつつも頷いた。今でも気持ちよくて涙が出るのに、これ以上強くされたら、どうなってしまうのだろう。だけど、もっと強くされたい。求められたいと思う自分の気持ちには逆らえなかった。

「も、もっと、して」

「はっ……んっ……んっ」

私の様子を見ながら、アルバートは抽挿を少しずつ速めていく。太い肉棒が拓かれたばかりの蜜壺を我が物顔で蹂躙《じゅうりん》していた。無数の襞肉は肉棒に吸い付き、離れたくないとばかりにしがみ付いている。お腹を締めすぎて、腹筋が痙攣しているのが自分でも分かったが止められない。むしろもっと奥に来て欲しいとばかりに激しく収縮し、肉棒を深い場所へと誘い込む。

「はあっ、ああっ、ああっ……」

「ああ、気持ちいい……」

腰を振りながらうっとりと呟かれ、胸がキュンとした。私を抱いて気持ちいいと思ってくれているのが嬉しかったのだ。

「ヴィオラ、ヴィオラ……ああ、愛している」

「アルバート……私も、私もあなたが好き、好きなの……」

肉棒が膣壁を擦り上げる度に、新たな愉悦が湧き起こる。指で中を探られていた時とは全然違う。質量のある屹立が私の中を埋め尽くす感覚に私はうっとりと溺れていた。

「んっ、アルバート……キスして」

シーツを握っていた手を離し、招くように腕を伸ばした。アルバートはすぐに身体を倒し、私の求めに応じてくれた。最初から口を開け、彼の舌を誘い込む。同時に彼の背中を抱きしめた。足は彼の腰に絡める。全身でアルバートを感じたかったのだ。

「んっ、んんっ……」

熱い舌が口内を搔き回す。私もそんな彼の舌を追いかけた。互いに舌を擦り合わせ、唾液を呑み込む。その間も抽挿は止まらなくて、全部を彼に埋められていると思うと幸せで仕方なかった。

「んっ、んぷ……はあ……んん」

肌を打ち付ける音と唾液を搔き回す音が同時に聞こえる。それらは私の中で渾然一体となり、甘美な快感を生み出していた。肉棒が淫唇を擦っていくのが気持ちいい。深い場所を叩かれるのはそこまででもなかったが、優しく擦りつけられると気持ちよさのあまり、どこからともなく愛液が滲み出てしまう。

「気持ちいい……気持ちいいの……」

「オレもだ。ずっとお前の中にいたいくらいに気持ちいい」

応えてくれるのが嬉しくて、更に強く彼を抱きしめる。熱い背中は汗をかいており、薄らと匂いを感じる。その匂いを嗅ぐと、ますます身体が疼き、もっとと強請りたくなってしまうのだ。

「アルバート……好き……もっと、して」

彼にグチャグチャにされたい。前後不覚になるくらい強く抱かれて、愛されていると実感したい。

アルバートの腰の動きが変わる。奥に亀頭を押しつけ、グリグリと押し回してきた。お腹を押し上げられるような感覚に、キュウッと膣壁が肉棒を締め付けた。

「ああっ」

「一番奥だ。ここに子種を放てば、お前は子を孕む。……分かっているか？　オレが今、避妊していないということを」

「わ、分かってる……」

彼が避妊具を付けていないことには気づいていた。

だけどそれを咎める気はなかった。相手は結婚予定の婚約者だし、ようやく結ばれることができるのだ。私だって彼を直接感じたかった。

「……なら、中に出してもいいか？」

「あっ……」

「お前との子が欲しい」

「あんっ……」

子供が欲しいと聞き、期待した子宮が分かりやすくキュンキュンと疼き始めた。

嬉しい。彼が私との子を望んでくれているのが嬉しかった。

私は頷き、彼に言った。

「いい……いいから……あっ、んっ……中に、出して……私も……アルバートの赤ちゃん……欲し……から」

「そんなこと言って、後悔するなよ？　オレは死ぬまでお前を離さないからな」

ずっと一緒にいてくれるという、私にとっては何よりも嬉しい言葉に冗談抜きでときめいた。

——ああ、後悔なんてするものか。

絶対に、絶対に彼から離れたりなんかしない。

ようやく手に入れることのできた幸せを手放すような真似、するわけがないのだ。

「来て、アルバート」

射精を促す言葉を告げる。アルバートは身体を起こすと、一心不乱に腰を振り始めた。

今までにない速すぎる動きに、ただただ翻弄される。

「あああっ、あああっ……」

ガツガツと肉棒を打ち付けられ、腰を持って揺さぶられる。その力強さにクラクラ来た。

アルバートが興奮しているせいか肉棒は更に膨らみを増し、大きくなりすぎて最早痛いくらいだ。

「あっ、あっ、あっ」

「ヴィオラ……好きだ、好きだ……絶対に、二度と離れない」

「んっ、私……も……離れたくない……」

与えられる快楽が鋭すぎて耐えきれず、頭を打ち振るいながらシーツを握った。

同じ場所を何度も穿たれるうちに、お腹の中が熱くなってくる。

その熱に耐えきれず、ギュウッと強く雄を食い締めた。アルバートが「うっ」と呻き、最奥に切っ先を押しつける。

「あっ」

お腹の中にじんわりとした熱が広がった。

アルバートは腰を膣奥に押しつけ、深く息を吐き出している。その間も熱は放出され、肉棒すら届かない奥へと流れていった。

襞肉が蠕動する。放たれ続ける子種を一滴残らずこそぎ取る勢いで、雄を圧搾していた。

「は……あ……」

揺さぶられすぎて頭がクラクラする。ようやく訪れた行為の終わりに、私もまた息を吐き出した。アルバートは何度か腰を振り、子種を全て中へ注ぎ込むと、満足したのかゆっくりと肉棒を引き抜いた。とろりとした白い液体がシーツに飛び散る。それはよく見ると少し赤みがかっていて、破瓜の血が混じっているのだと分かった。

あまりにも生々しい光景だったが、アルバートはうっとりとした目つきでそれを見ていた。喜んでいるのが丸分かりの態度に、私も思わず微笑んでしまう。だが、身体に力が入らない。起き上がりたかったがそれは無理だと悟った私は、そのままごろんとベッドに寝転んだ。

「……うう」

――結構キツい。

身体を重ねることがこんな重労働だったとは知らなかった。ぐったりとする私の隣にアルバートがいそいそと寝そべってくる。そうして手を伸ばし、私を引き寄せた。その仕草がなんとも言えず優しくて、すっかり嬉しくなってしまった私は自分から彼に擦り寄った。

「アルバート……」

「ヴィオラ、身体は平気か？」

「ちょっとキツいけど、嬉しかったからいい」

「ヴィオラ……」

アルバートが私を抱きしめる腕に力を込める。私も思う存分彼に抱きついた。

「アルバート、大好き」

「オレもだ。お前を愛している」

「嬉しい」

好きな人から同じ思いを返されるのはなんて幸せなことなのだろう。

アルバートの腕の中でにんまりと笑っていると、彼が言った。

「あとは一日も早く、お前と結婚できるよう頑張るだけ、だな」

「結婚、かあ」

改めて言われると、なんだか照れる。更にニマニマしてしまった。そんな私の顔を覗き込み、アルバートは唇に軽く口づけた。

「父上も待っている。できるだけ早く、お前を妃に迎えられるようにしたい。……構わないな？」

「もちろん。プロポーズはもうしてもらったしね」

己のしている指輪を誇らしげに掲げる。

断る理由はどこにもない。

私が頷くと彼は破顔し、そうしてもう一度甘い蕩けるような口づけをくれた。

終　章　悪役令嬢グッドエンド

アルバートと結ばれ、一年ほどが過ぎた。

あれから急ピッチで私たちの婚姻準備が執り行われ、来週には挙式というところまで来ている。急いで一年かと思われるかもしれないが、王族の結婚にはとにかく時間が掛かるのだ。

その間に私に関する噂もすっかり消え、残っていた『傲慢』とか『我が儘』とかいう妙な偏見も少しずつではあるがなくなってきた。恐る恐るではあるが、皆、普通に接してくれる。驚くことに、女性の友人もできるようになってきた。

そう、私はついに『悪役令嬢』であった自分から解放されたのだ。

それはアルバートも同じで、彼も嫌われ者の『悪役王子』という立場から、『将来有望な王太子』へと、綺麗にジョブチェンジを果たしていた。

この一年というもの、彼は政務に励み、勉強を疎かにせず、剣の稽古にも積極的に参加した。まだまだ遠巻きにする者たちに自分から話し掛けに行き、その行動でもって自らを認めさせたのだ。

おかげでここ最近では、第一王子を王太子としたのは正しかったという意見が大多数を占めるようになってきた。

臣籍に降った弟のエイリークも兄であるアルバートによく仕え、実は仲の良い兄弟だったのかと驚かれている。

エイリークは離縁された前王妃の子供だから、不仲であろうと思われていたのだ。

そう思うのは当たり前だし、実際アルバートは離宮に追いやられていた時にエイリークを避けていたのだけれど、それには事情があったし、何よりもエイリークは明るく正義感の強い王子だ。彼は素直に兄を慕い、自分の母親が王宮を追い出されても、それとこれとは別とばかりにアルバートに懐いている。

アルバートも王妃さえ絡まなければ弟を嫌いではなかったのだろう。最近は一緒にいるところもよく見るし、アルバートの表情もずいぶんと柔らかい。

というか、アルバート自身、すっかり王太子としての貫禄がつき、前の少し自信のない後ろ向きなところがあった彼とは今や別人。元々整った顔立ちをしている彼が背筋をピンと伸ばして真っ直ぐ前を見据える姿は、なるほど次期国王として遜色ないと納得できるもので、私って見る目があったなあと日々頷いているのである。

それとつい最近教えてもらったのだが、どうやらカノンは隣国に行くことになったようだ。

あれからカノンは、王宮で裁判に掛けられ、罪を償うこととなった。

罪自体はそこまで重いものではない。だが、彼女の婚約者であるエミリオは、軽度であろうと犯罪者となったカノンを許さず、婚約破棄を突きつけたのだ。

エミリオの性格を考えれば、それも当たり前というところだろうか。

絶望したカノンは実家に帰されることになったが、兄のダミアンから話を聞いていた彼女の父親はそれを断固拒否。娘とは縁を切るとはっきり告げ、彼女を屋敷から追い出したのだ。

どこにも行けなくなってしまったカノンは、さすがに不憫に思った彼女の母による恩情により、隣国にいる遠い親戚を頼ることになった。

――それって、悪役令嬢ヴィオラのエンディングと殆ど同じじゃない。

話を聞いた時にはゾッとした。

自分が通るはずだった道を、回り回ってヒロインが進んでいるという事実が怖かったのだ。とはいえ、カノンに関しては、自業自得の面が強い。

妙なことをしでかさなければそんなことにはならなかった……というか、私のことなど気にせずエミリオにだけ注視していれば、間違いなくエミリオルートで幸せになれただろうと思うのだ。

彼女の敗因は、多分、私という要素を気にしすぎたせい。そして、自分がヒロインであるという強烈な認識。

それは決して間違いではないが、全てが自分のために回ってくれると考えるのがそもそも傲慢なのだ。誰だって不幸にはなりたくない。自分の未来のために必死で抗う。当たり前だろう。

なのに、彼女にはそれが分からなかった。分かろうとしなかった。何故なら、彼女にとって私たちは『ゲームのキャラ』でしかなかったから。

私たちがゲームと違う行動を取るかもなんて思いもしなかったのだ。だから、怒った。『悪役令嬢』らしく振る舞わなかった私を怒り、『悪役王子』らしく退場しなかったアルバートを怒った。

ゲームと違い、幸せになろうとした私たちを彼女は許せなかったのだ。結果として彼女は全てをなくした。

つまりはそういうことなのだと思う。

「……はあ」

これまで通ってきた激動の日々を思い出し、溜息を吐く。

私がいるのは離宮にある自室だが、ここももうすぐ出ていかなければならない。一週間後には結婚式。それが終わったら、本館の方に移り住むことが決定しているからだ。

アルバートとの思い出が詰まった離宮。ここを離れるのは辛いけれど、新しい生活を楽しみたいと思う自分もいる。

今日の天気は晴れ。来週の結婚式も晴れるといいなと思いながら、私は窓辺に近寄った。ぼんやりと外の景色を眺めていると、後ろからそっと抱きしめられる。

「どうした、溜息など吐いて」

「アルバート」

抱きしめてきた彼に目を向ける。そこにいたのは、来週には正式に私の夫となるアルバートだ。彼は私の髪に顔を埋め、「ただいま」と柔らかく言う。

「お帰りなさい。今日は早かったんだね」

「ああ。お前の顔が見たくて、急いで帰ってきた」

アルバートの言葉を聞き、口元が緩む。

思いを交わし、無事恋人同士となった私たちはあれからより一層距離が近づいた。物理的にも精神的にも、だ。ようやく訪れた甘い恋人としての時間を、私たちは心から楽しんでいた。

「嬉しい。私も早くアルバートが帰ってくればいいなって思ってたの」

抱きしめられた体勢ではあったが何とか振り返り、正面から抱きつく。彼もそれに応え、抱きしめ返してくれた。

「来週の結婚式。その招待客の最後の確認だったんだが、さすがに今から変更もないからな。すぐに済んだ」

「そっか、良かった。変更はないいんだね。招待客の名前を覚え直すとか勘弁して欲しいから助かったよ」

結婚式や披露宴に出席する面々を覚えるのは義務のひとつだ。私も半年くらい前から必死にリストと睨めっこした。今更面子が変わるとか、本気で止めて欲しい。

「大丈夫だ。ああ、いよいよ来週だな」

「私も似たようなことを思ってた。来週にはここを離れるんだなって。そう思ったらなんだか寂しくなって」

「さっきの溜息はそういうことか」

「うん。だってこの場所にはアルバートとの思い出がたくさん詰まっているんだもの」

素直に頷き、思っていることを伝える。私の話を聞いた彼も同意してくれた。

「そうだな。オレもここを離れるのは少し寂しい。それこそオレの場合は幼い頃から住んでいた場所だから。嫌なこともたくさんあったが、今思い出せばそれなりに楽しかったようにも思う。ああ、でもそうだな。楽しいと言えるのは、今、お前が側にいてくれるから。

それだけは確かだ」

「アルバート……」

「お前がいるから、オレはここで過ごした日々を良い思い出だったと思える。……お前と長く過ごした場所だ。嫌えるはずもないだろう」

「うん。私たちが出ていったら、ここ、どうなるの?」

「おそらく閉めることになるだろうな。他に住みたいという者もいないだろうし」

「そっか……じゃあ本当に、あと一週間でここともお別れなんだね」

なんだかしんみりしてしまった。アルバートが私を抱きしめていた腕を解き、何故か横向きに抱え上げる。

「わっ、何?」

「もうすぐここともお別れだ。だからその前に、後悔のないようやっておきたかったことをしようと思ってな」

「う、うん。それは大事だと思うけど。やっておきたかったことって何?」

彼が何を考えているか分からないながらも首に両手を回す。アルバートはにっこりと笑った。そうして歩き出す。向かう先は……ベッドだ。

「えっ?」

嫌な予感がする。慌てて彼を見ると、実に楽しげな様子だった。

「ア、アルバート……？」

「察してくれたか？　とりあえず、明るい場所でお前を抱きたいというところだな」

「は、はああ!?」

ギョッと目を見開いた。

確かに彼と心身共に結ばれてから、何度もそういうことをした。

だが、当たり前だが全て夜にしていたのだ。

昼間から抱きたいと言い出す彼に慌てて言った。

「な、何もわざわざ昼からしなくても……！」

「ん？　いや、恋人になる前はずっと昼間にしていただろう？　今更ではないか？」

「や、だって、あれは昼間しか来られないから仕方なかったというか……！」

彼の寂しさを埋めるためにエッチなことをしていた時のことを示唆され、慌てて否定した。あの時とは状況が違う。夜まで一緒にいるのなら、そういうことは夜にすればいい。

わざわざ明るい中でしなくてもいいと思うのだ。

「はっ……そうだ。カーテンを全部閉めてくれたら……」

それならまだ少しはマシだ。そう思ったのだがアルバートに思いきり却下された。

「断る。オレは明るい日差しの中で、お前の肌が見たいのだ」

「堂々と変態的発言をするのは止めて……」

あと、私の羞恥心も考慮に入れて欲しい。だが、アルバートが私の意見を聞き入れてくれるはずもなく、実にあっさりとベッドに転がされてしまった。慌てて起き上がったが、思った以上に明るくて泣きそうだ。

「だ、駄目……。ね、夜。夜ならいくらでも付き合うから」

「言っただろう。昼間、明るい日差しの中でお前を抱きたいのだと。夜は夜でするが、それとこれとは別だ」

「夜もするの!?」

さらりと告げられた言葉に反応した。アルバートがキョトンとした顔をして言う。

「当たり前だろう」

「……」

当たり前という言葉の意味が分からなくなってしまった。こめかみを押さえる私を、アルバートがもういいだろうとばかりに組み敷く。

「ひ、ひえっ……」

「ほら、大人しくしろ」

「悪者の台詞」

「犯してやろうか?」

「……止めて。ちょっとドキっとしちゃったから」

悪い顔をされてときめいてしまった。なんてことだ。我ながらチョロすぎる。自分に呆れていると、アルバートが上手く隙を突いて唇を塞いできた。

「んっ……んんっ……」

舌が捻じ込まれる。肉厚の舌の感触が心地よい。互いの舌を絡ませる深いキスに酔いしれた。わざと音を立て唾液を啜られると、もう駄目だった。勝手にスイッチが入ってしまう。

アルバートがドレスの裾を捲り上げ、太股の内側をなぞる。行為を連想させる触れ方にお腹の奥がキュンキュンしてしまった私は、堪らず彼を抱き寄せた。

「アルバート……ね、触って」

「なんだ。乗り気ではないと言っていたのはお前ではなかったか？」

「だって、アルバートがあんなキスを仕掛けてくるから……」

すっかりその気になってしまったのだ。

明るい場所で抱かれるのは確かに気になるが、もうそれも彼が望むのならいいかと思えるまでにハードルが下がっている。結局私はアルバートが好きで、彼がしたいのならと許してしまうのだ。

「アルバート、好き。続き、して」

「お前のそういうところが本当に好きだ」

「そういうところって？」

「……自分の欲に忠実なところ」

「それ、アルバートも同じじゃない」

くすりと笑う。

アルバートの指が下着の隙間から入ってくる。それを陶然と受け入れた。指が膣口に触れる。濡れていることを確認し、アルバートは蜜壺に指を差し込んだ。指の数は一本ではなく二本。遠慮なく潜り込んできた指の動きに感じ入ってしまう。

「あんんっ」

痛みはない。ただただ甘い痺れが私を襲う。背筋がゾクゾクして荒い呼吸を何度も繰り返した。彼の指が膣道を広げるように動き回る。クチュクチュという水音が堪らなく恥ずかしい。

「ふっ……んっ」

「気持ちいいか？」

「うん……気持ちいい……」

的確に彼の指が、感じる場所を探り当ててくる。指の腹で膣壁を擦られ、キュッとお腹に力を込めてしまった。

「こら、あまり締めるな」

「あっ……だって、我慢できない」

ざわざわとした心地よさが触れられた場所から広がるのが気持ちよくて、膣道が私の意思とは無関係にうねり始める。早く雄が欲しいと強請るような動きは羞恥心を煽るけど、自分では止めようもなかった。トロトロとした愛液が腹の奥からひっきりなしに滲み出てくる。

「ヴィオラ……」

甘く喘いでいるとアルバートが唇を重ねてきた。息を奪うような激しいキスだ。舌が捻じ込まれる。口内の唾液を無遠慮に掻き回された。私もなんとか彼に応えようと、己の舌を差し出し、彼のものに絡める。その間も指は忙しく膣壁を擦っていて、ついには零れ落ちた蜜がいやらしく太股を濡らしていった。

「んっ……んんっ」

二ヶ所を同時に責め立てられ、どうしようもなく昂ぶってくる。身体が熱くて堪らない。

「はあ……アルバート……もう……挿れて……」

三本の指を受け入れたところで限界が来た私は、彼に挿入を強請った。指ではなくて、もっと太くて硬いものが欲しかったのだ。一度、肉棒に貫かれる快感を知ってしまうと、指では物足りなくなってしまう。深い場所まで彼のものを受け入れ、揺さぶられる悦びは、思い出すだけで子宮が疼く。

「お前はどんどん淫らになるな。実に良い傾向だ」

アルバートが指を引き抜き、淫靡に笑う。その表情がなんとも色っぽくて見惚れてしまった。元々陰のある雰囲気を持つアルバートは、妙に色気があるのだ。それが全面に押し出された表情がなんとも癖になる。

「あ……」

「物欲しげな顔をして……すごく、オレ好みだ」

顔が近づいてくる。目を閉じると唇が重なった。また舌が口内に潜り込んでくる。舌同士を擦り合わせるのが気持ちよくて堪らない。互いの唾液を交換し、飲み干す。味などないはずなのに、何故かその唾液は甘露のように甘かった。

「ヴィオラ」

「ん……」

甘やかすような声に身体が反応し、新たな蜜を零す。彼が早く欲しいと、子宮が酷く疼いていた。

「アルバート……ね、お願い。欲しいの」

「分かってる」

「へっ……」

彼の腕を掴んで再度挿入を強請ると、何故か四つん這いの体勢を取らされた。あまりに恥ずかしい格好に、頬が上気する。

「な、なんでこんな……」

「今日はこうして抱きたい」

「あ……」

アルバートがドレスを捲り上げる。そうして腰にあった下着の紐をぱらりと外した。

それだけで下着は簡単に脱げてしまう。後ろから恥ずかしい場所を見られていると思うと、妙に興奮して身体が熱くなってくる。

「んん……」

「綺麗な尻だな。つるりとして、とても触り心地がいい」

「ひっ……」

臀部を撫でられ、思わず声が出る。性感帯なのか、触れられただけでビクビクと身体を震わせてしまう。アルバートが尻を掴み、左右に広げた。そうすると否応なしに蜜口が大きく開いてしまう。冷たい空気の感触を蜜口に感じ、含羞に震えた。ただでさえ恥ずかしい体勢をしているのに、全部を強制的に見せることになり、私はイヤイヤと首を横に振った。

「や……あ……お願い、見ないで」

「何を言っている。こんなにオレを昂ぶらせる素晴らしい眺めは他にないぞ。蕩けた花弁が蜜を垂らしてオレを誘っているし、中も襞がひくついて、挿れたらさぞ気持ちいいのだろうということが一目で分かる」

「ひん……んっ」

尻を撫でていた手が内股に触れる。蜜壺から垂れた愛液を指が掬っていった。

「蜜が溢れて太股まで垂れているな。そんなにオレが欲しかったのか、ヴィオラ」

「や……もう」

お願いだから、それ以上言葉にしないで欲しい。

羞恥に耐えきれず逃げようとしたが、アルバートは許さない。それどころか私の腰を掴むと思いきり肉棒を突き立ててきた。いつトラウザーズを寛げていたのか、全く気づかなかった。

「あああああっ！」

十分に濡れていた蜜壺は屹立を容易く受け止めた。アルバートが抽挿を始める。今までにない深い快感が襲ってきた。全身の毛という毛が逆立ったような気がする。

「あっ、やっ……あああんっ」

痺れにも似た悦楽がビリビリと走る。それが全然止まらない。アルバートが腰を打ち付ける度、表現できないほどの気持ちよさが私を襲うのだ。

「ああっ、ああっ、ああっ!!」

「いつもより声が出ているぞ。気持ちいいのか？」

「気持ちいい……あ、駄目、気持ちいいの……ひんっ」

背の裏側辺りを擦られると、それだけで軽くイってしまう。

ハクハクと喘ぐ私を彼は容赦なく攻め続けた。

「ほら、もっと乱れたお前を見せてくれ。ああ、明るい日差しの中、乱れるお前は可愛いな」

「い、言わないで……ひっ」

せっかく忘れていたのに、今の発言のせいで、昼日中から抱かれていることを思い出してしまった。改めて自らの置かれている状況に気づき、羞恥が襲ってくる。

ふたりとも服を着たままどころか、彼は上着すら脱いでいない。日差しが眩しく降り注ぐ明るい室内で、着衣のまま行われる淫らな行為。しかも四つん這いという体勢で後ろから貫かれているのだ。太い肉棒が隘路を蹂躙する度に、私はぶるぶると身体を震わせた。

「あっ、あっ、あっ……アルバート、お願い……あんまり激しくしないで……声、出したくな……ああんっ！」

せめて大きな声を上げたくないと思ったのに、アルバートは容赦なかった。

円を描くように肉棒を押し回され、悲鳴のような嬌声が上がる。我慢しようと思っても無理だった。

「ああっ……それ、駄目ぇ！」

「それ、とはどれのことだ」

「お、奥……グリグリするの……」

「ああ、これか」

「ああああっ！」

腰を強く摑まれ、更に深い場所を抉られた。駄目だと言ったところを、何度も肉棒が往復する。その度に途方もない快楽を植え付けられ、本気で頭が馬鹿になるかと思った。

「んっ……あっ……あっ……！」

「気持ちいいか？」

アルバートの問いかけに、コクコクと何度も首を縦に振る。抽挿の激しさに耐えきれず、近くにあった枕を引き寄せた。それにしがみ付き、与えられる快楽にひたすら耐える。

だが、アルバートはそれすら許さなかった。より強く、激しく腰を打ち付けてくる。

「我慢などさせるわけがないだろう？　お前が快楽に啼くところが見たくてやっているというのに」

「ひあっ！　ああっ……！」

「ああ、オレの婚約者は本当に可愛いな。好きだ、ヴィオラ」

うっとりと呟かれる。

ずんずんと深い場所を穿たれ、涙が出てきた。肉棒が奥を叩く度、尿意にも似た絶頂感が溜まっていく。それが出口を求めてグルグルと腹の中を彷徨い始めた。

「や……あ……あ……気持ちいい……気持ちいいよう……」

気持ちよさの洪水に押し流され、訳が分からなくなってくる。アルバートの腰の動きは速く、私を更に追い詰めていく。

「はあ……ああ……ああ……アルバート……もう、駄目……」

気持ちいいのが溜まりすぎて、破裂しそうだ。限界を訴える私に、アルバートも応えた。

「オレも我慢の限界だ。……一緒にイくぞ、ヴィオラ」

返事をするのも難しかった私は、なんとか首を縦に振った。

アルバートの腰の動きが、ただ射精するためだけのものに変わる。激しすぎる抽挿に、溜まりに溜まった快楽が弾けた。

「あああああああっ……！」

「——愛している、ヴィオラ」

その言葉と同時に肉棒が弾け、多量の白濁が中へと吐き出された。熱い飛沫を浴びながら、私もまた絶頂へと至る。目の奥がチカチカし、一瞬視界が白く染まった。

「はあ……ああ……ああ……」

身体から力が抜け、がっくりとベッドの上に倒れ込む。全ての精を注ぎ込んだアルバートが肉棒を引き抜いた。ぬぷりという生々しい音がとても卑猥だ。

「ヴィオラ……」

「ん……」

アルバートが顔を近づけてくる。キスをされるのだと気づき、目を閉じた。触れるだけの口づけを何度も交わすと、幸福感がじわじわと増してくる。

「愛してる」

「……私も」

嬉しくなり、目を開けて応える。私の言葉を受け取ったアルバートは、嬉しそうに微笑むと——何故か私を今度は仰向けに転がした。

「え？」

何が起こったのか、全く理解できない私の上にアルバートがのしかかってくる。彼は私の足を広げさせると、蜜と精でドロドロになった花弁の奥に再び肉棒を押しつけてきた。屹立は硬く、一度出したとは思えないほど元気そうだ。

「え、え、え……あああっ」

私が動揺している隙に、力強く肉棒が押し込められる。先ほどまで雄を受け入れていた場所は、あっさりと彼を呑み込んだ。

「っ！　二回目だというのに、キツいな」

眉を寄せたアルバートは私の足を抱えると、今度は正常位で腰を振り始めた。休む暇なく始まった二回目に、翻弄される。

「ア、アルバート……なんで……あああっ」

先ほどイったばかりで、身体はひどく敏感になっている。そんな状況で腰を振られればどうなるのか、それは火を見るより明らかだ。気持ちよさがあっという間に降り積もる。

「んあっ！」

弱い場所を肉棒に擦られ、私は簡単にイった。更にアルバートが抽挿を強くする。落ちる間もなく、身体がまた高みへと昇っていく。

「あ、や……もう……」

「ヴィオラ、ヴィオラ……愛してる」

「わ、私も愛してるけど……ああっ」

ガツガツと奥を抉られ、軽くではあるがまたイく。連続で何度もイかされ、おかしくなりそうだ。

だがアルバートは止める気配もなく、元気に腰を振り続けている。肉棒は硬く張り詰めており、このままではいつ終わるのか、何度イかされるのか、想像しただけでゾッとする。

「ア、アルバート……お願いだから、もう……ひゃあっ」

快楽が強すぎて、耐えきれない。体力だって限界だ。泣きそうになりながら行為を終えてくれるよう頼んだが、アルバートは聞き入れてくれなかった。

「お前がこんなに愛らしく乱れてくれているのに？　無理だ」

「んんんっ」

淫らな口づけと同時に深い場所に肉棒を押しつけられる。強めの力で押し回された。膣奥を刺激されると、反射で肉棒を締め付けてしまう。まるで喜んでいるかのような反応である。

——違うのに！　本気でもう止めて欲しいと思っているのに！

私の意思に反して、嬉しげに襞肉が肉棒に絡み付き、離れない。もっともっとと膣壁が雄を圧搾する。そしてそんな私の状態に、アルバートが気づかないはずもなかった。

「ヴィオラ、喜んでくれているんだな。嬉しい」

「ち、ちが……違うの。も……本当……無理……だから、ああんっ」

懇願したが、腰と腰のぶつかる淫らな音は止まらない。

アルバートが、着ているドレスをはだけさせる。下着を奪われ、裸の胸が露わになった。その胸を揉みしだきながら、彼が言う。

「ヴィオラ、愛してる。夜もいいが、日の光に照らされて乱れるお前もとても綺麗だ。もっとお前を愛したい」

——これ以上は勘弁して！

太陽の光で薬指の指輪が輝くのが見えた。

私とアルバートの愛の証。それが陽光の下、自己主張するように煌めいている。

それを眺めながら、私も彼を愛しているのは本当だけど、エッチはほどほどでいいと心から思った。

◇◇◇

――そうしてついに、その時はやってきた。


雲ひとつない青空が広がっている。

王宮には王族の慶事を示す金色の旗が翻っていた。

この日のためにと一年掛けて用意されたウェディングドレスを身に纏う。真っ白なドレスのトレーンは長く、扇状に広がっていた。それに対応するかのようにヴェールも長い。ドレスの生地には薔薇の刺繍がびっしりと縫い取られ、キラキラと輝いている。今の流行を意識しているのか、腰の膨らみは控えめだ。胸元には夫となるアルバートの目の色を意識したルビーのネックレス。彼からもらった指輪は結婚式に使うので、昨日から預けてある。

指が少し寂しいと思うのは、あの婚約の日から一度も外さなかったからだ。指輪を嵌めていたと分かる痕が薬指に薄らと残っている。

「ヴィオラ様、すごくお綺麗です」

「ありがとう」

最後に手袋を嵌め、用意を手伝ってくれた女官たちに礼を言う。

ここは花嫁が準備を行うための部屋だ。別室で着替えているアルバートとふたりで馬車に乗り、王族の結婚式が行われる大聖堂へと移動する手はずになっている。

「ヴィオラ、用意はできたか?」

ノック音が響き、黒い婚礼衣装に身を包んだアルバートが入ってくる。女官たちは笑顔で頭を下げ、部屋から出ていった。化粧台の椅子から立ち上がる。アルバートは私を見て、目を見開いていた。

「あまりにも綺麗で、まるで夢でも見ているのかと思った」

「ありがとう。アルバートもすごく格好良い」

ヴェール越しに見える煌びやかな礼装姿から目が離せない。あと、珍しく前髪を上げていたことにも驚いた。今の彼は赤い目を厭われない。半年ほど前に彼の父親である国王が、息子の目は偉大なる初代国王と同じ色で、忌避するものではない。尊いものだと皆の前で大々的に語ったこともあり、正しく認識されるようになったからだ。

今回の結婚式では、アルバートのことを初代国王の再来とでもアピールしたいのだろう。いつもは下ろしている前髪を上げる羽目になったのはそのせいだなと、納得した。

「……オレはいつも通りでいいと言ったのだが」

私がどこを見ているか分かったのだろう、アルバートが居心地悪げに言った。それを笑い飛ばす。

「いいじゃない。私、アルバートの目が好きだし。たまにそうしてくれると嬉しいな」

「そうか？　お前がそう言うのならまあ……」

アルバートが後ろに流していた前髪に触れる。かなりしっかり固めているのだろう。少し触ったくらいではビクともしなかった。

「ああ、そろそろ時間だな。行くか」

アルバートがそう言って、手を差し出してくる。白い手袋を嵌めたその手に己の手をそっとのせた。

ようやくこの時が来たのだ。

ある意味、私とアルバートが『ノーブル★ラヴァーズ』というゲームから完全に逃れることができたと言って良い日。

アルバートはゲームのことを知らないだろうが、私はずっとこう思っていた。

結婚したら、もう全部を忘れてしまおう、と。

新たな人生が始まるのだ。これからの輝かしい日々に『ゲーム』は要らない。私たちはこれから誰も知らない未来を生きるのだから。

控え室を出ると、ゼインが感無量といった顔で私たちを見ていた。

彼は結婚式には参加できない。何故ならゼインは使用人だし、披露宴の準備という大事な仕事があるからだ。それなのに彼がここにいるのは、アルバートがそれを望んだから。

式場に向かう私たちを今までずっと側にいてくれたゼインに見送って欲しいと望み、彼もまた喜んでその命令に頷いたのだった。

「おめでとうございます。殿下、ヴィオラ様」

「ありがとう」

涙ぐむゼインに、こちらまでもらい泣きしそうになってしまう。ゼインに見送られてアルバートも嬉しそうだった。

頭を下げる彼の前を通り過ぎる。独り言のような小さな声が聞こえた。

「無事『悪役令嬢ヴィオラルート』グッドエンドに到達。悪役令嬢推しとしては最高の結末。今まで見守ってきて良かった」

——え？

反射的に振り返る。だがそこには頭を下げているゼインしかいなくて。

ということは、今の言葉はゼインが言ったのか。

「……」

五秒ほど考え、気づいた事実に目を大きく見開いた。

――ちょっと待って⁉　ゼインも転生者だったってこと⁉

考えもしなかった真実に辿り着き、呆然とする。

混乱する私にアルバートが声を掛けてくる。

「ヴィオラ？　どうした、行くぞ」

「う、うん」

式の時間が迫っている。立ち止まることもできず、私はアルバートと歩き出した。だけど頭の中は先ほどゼインが言った言葉で埋め尽くされていた。

――悪役令嬢ヴィオラルート？　グッドエンド？　一体、どういうこと？

ゼインが転生者であったことは、気にはなるが一旦置いておくとしよう。だが、まるで私が攻略キャラであったかのようなあの言葉はなんだったのか。

悪役令嬢ルートなんてあるわけない。だってこのゲームは乙女ゲーで、ヒロインはカノン。攻略対象は男性のはずなのだから。

だけどゼインは、確かに『悪役令嬢ルート』だと言った。そしてグッドエンドだったと。

それは一体どういうことなのか。この世界は乙女ゲーなのに彼は何を言って――。

「あ」

思い出した。思い出してしまった。

乙女ゲーム『ノーブル★ラヴァーズ』には、同じ世界観、ほぼ同じキャラで構成されたR18用男性向けエロゲーバージョンがあったということに。

——え、え、ちょっと待って……？

考えたくなかった真実に気づき、頭を抱えたくなった。

——嘘でしょう？　え、でも。

それしか、考えられない。

私はついにその場に立ち止まり、たまらず大声で叫んだ。

「待ってよ。これ、乙女ゲーじゃなくて、男性向けエロゲーの方だったの!?」

つまり、乙女ゲーでは悪役王子だったアルバートは、こちらではまさかの主人公——ヒーロー役だったということだ。

まさかの、である。

——そんなの分かるわけないじゃない！

心の中で地団駄を踏む。可能なら、今からでも戻ってゼインを問い詰めたいくらいだ。

どうやら私は主人公キャラだったらしいアルバートに、『悪役令嬢』として正しく攻略されていたようである。しかもグッドエンドだそうで。

つまり、今までのアレコレは全部ゲームイベントだったという結論になる。

男性用エロゲーの方を全くプレイしたことがなかったのが仇になった。でもまさか、ここまでイベントが似ているとは思わないではないか。普通に勘違いしたし、思い込んだ自分が恥ずかしい。そして悪役王子が主人公になってるとか……。え、私どこで主人公にロックオン……というかルートに入られたの？

やっぱり初めて会ったあの時だろうか。彼に声を掛けて返事をしてくれたことがルート開放の切っ掛けになったとか。うう……普通にありそうだ。

——じゃあ、じゃあ……あの婚約破棄イベントの時、私を迎えに来てくれたのも、男性版ではあの乱入が正解だったと、そういうこと？

「わあ……」

頭痛がする。辿り着いてしまった結論に、乾いた笑いしか出てこない。

ゲームから逃げ出したいとずっと望んできたのに、最後の最後に結局ゲーム通りに動いていたと知るとか、どんな道化だ。

——きっとカノンも知らなかったんだろうなあ。

自分こそがヒロインだと叫んでいた彼女を思い出す。多分だが、男性版では彼女も攻略キャラのひとりという扱いだったのだろう。アルバートだって乙女ゲーでは悪役王子の役どころを振られているのだから、攻略キャラなら、扱いはまだマシな方だと思う。

もしかしたらだけれど、ヒロインだと思って暴走しなければ、彼女にもなんらかの未来があったのかもしれない。

今、それを言ってもどうしようもないのだけれど。

――マジかあ。……マジかあ。

自分がアルバートに攻略されていたという事実が心を抉る。いや、彼に前世の記憶なんてなさそうだから、攻略したなんて思っていないだろうけど。

「ヴィオラ？　どうした、突然叫んだりして」

「……えっ、ううん、なんでもない」

アルバートが心配そうに私の顔を覗き込んでくる。その言葉で、我に返った。

そうだ。馬鹿なことを考えている場合ではない。

確かに結果だけを見ればゲーム通りに進んでしまったのかもしれない。アルバートに攻略され、グッドエンドに行った。それが真実なのだろう。だけど、それでもだ。

アルバートを選んだのは私の意思。彼と共に在りたいと願ったのは、他でもない私自身なのだ。そこを間違えてはいけない。

――うん。私はアルバートを愛してる。

正直、釈然としない気持ちはあるけれど、だけど結局はそれが全てだと思うのだ。

最後の最後に知った真実に眩暈がしそうになりながらも、私はアルバートに微笑みかけ、とりあえずこうなったからには絶対にこの人と幸せになってやるんだと心に誓った。

番外編　悪役王子はソレを忘れる

「殿下、よろしいですか？」

執務に没頭していると、ゼインが声を掛けてきた。書類から顔を上げ、彼を見る。彼は十枚くらいの紙の束を抱えていた。それに気づき、自然と眉が中央に寄る。

「……また追加の書類か？　期限は？」

「いえ、これはただの報告ですので。殿下の印は要りませんよ」

「……そうか」

新たな書類ではないと聞き、ホッとした。それでなくとも今日は朝から執務室に籠もりきりだったのだ。できれば夕方には妻であるヴィオラが待つ部屋に帰りたいし、夫婦の時間だって楽しみたい。結婚してまだ半年ほど。オレたちは新婚なのだ。

「で？　報告というのは？」

何か命じていたことはあっただろうか。最近忙しすぎて、すっかり忘れているなと思っていると、ゼインはにやりと口の端をつり上げた。含みのある表情に、興味を引かれる。

「――エミリオ・ピアズについて、です」

「ほう？」

エミリオ・ピアズ公爵令息。

彼は、かつてヴィオラの婚約者だった男だ。気難しい性格だというのが一目で分かる風貌だったが、容姿自体は整っており、社交界でも人気だった。

常に人の輪の中心にいるタイプで、公爵令息という立場もあり、彼が右と言えば皆が右を向く。良くも悪くも影響力のある人物だった。

正直、彼とヴィオラが婚約したという話を初めて聞いた時は嫉妬で身を焦がしたし、一時のこととはいえ、彼女を預けることしかできない自分を殴りつけたくなった。

今でも思う。

あの時、オレが最後まで諦めずに済んだのは、なんとしてもヴィオラをエミリオから取り戻さなければという思いがあったからだ。

彼女を迎えに行くという目標があったから、今、オレはこの場所に立っているのだと分かっていた。

――オレは、本当にヴィオラに惚れているな。

しみじみと思う。

自分でも笑ってしまうくらいに、彼女だけが特別だ。

どうしてそんなにと聞かれたら、理由はいくらでも挙げられる。

孤独で、皆から遠巻きにされていたオレに声を掛けてくれたこと。

オレを友人と呼び、皆が嫌う赤い目を綺麗だと言って笑ってくれたこと。

義母に傷つけられ、絶望のどん底で寒さに震えていたオレに、惜しみなく温もりを分け与えてくれたこと。

そのどれもが、彼女を『特別』と思うに至る要素となり得た。

誰も顧みない、深くて暗い穴の底にいるオレを、ヴィオラだけが見つけてくれた。目を合わせ、対等に話し、一緒に笑ってくれた。

全部全部、ヴィオラが初めてで、彼女だけだった。そんな彼女にどうして惚れずにいられるだろう。

彼女と知り合って、ずいぶんと早い段階から、オレはもうヴィオラを手放せないと自覚していた。彼女は共依存などと思っていたようだが、そんなわけがない。

ただの依存にしては、彼女に抱く欲望が大きすぎる。

彼女はオレから離れようとしていたようだが、許すつもりはなかった。いずれは妻として迎え、一生側に居てもらいたい。そう思うようになっていたからだ。

だが、そうするにはその時の自分はあまりにも力不足だった。己の地盤すら固められないオレでは、ヴィオラを娶ることなど夢のまた夢。それが分かっていたから、オレは気持ちを告げることもしなかったし、彼女が別れを口にした時も唇を噛みしめて了承した。

いつか今の立場をひっくり返して迎えに行く。そう心に決めて。

それから彼女に再会するまでの一年ほどは、あまり思い出したくない。ヴィオラのいなくなった日々は無味乾燥という言葉がぴったりだったからだ。だが、その一年があったからこそ、彼女を迎えに行くことができた。

クーデターを起こそうという甘言に釣られもしなかったし、逆に首謀者を見つけ、結果、己の地位を確固たるものにすることだってできた。

義母が裏で手を引いていると知った時は、やはりオレは生きることさえ望まれていないのかとショックだったが、意地で踏ん張った。オレにはヴィオラを迎えに行くという目標がある。立ち止まっている暇などないのだ。

紆余曲折あったが無事、ヴィオラと再会。両想いになり、最終的には結婚することができた。

この結末に満足している。だが、オレにはひとつだけ、どうにも気に入らないことがあった。

それが、エミリオ・ピアズ公爵令息。

ヴィオラを蔑ろにし続けた、彼女の元婚約者だ。

結果だけを見れば、彼がヴィオラを要らないと言ってくれたおかげで、彼女を容易く捕まえることができた。その点に関して、彼に感謝しているのは事実だ。

目を瞑ると言ったことも嘘ではない。

だけど――。

「理性と感情は別物、とはよく言ったものだな」

「殿下？」

「いや、なんでもない。報告を聞こうか」

不思議そうな顔をするゼインに、話を続けるよう促す。彼は頷き、報告書を読み上げた。

「エミリオ・ピアズ。彼は、カノン・ラズベリー嬢との婚約破棄後、新たな婚約者に恵まれず、現在は十数人の愛人と共に暮らしているようです。その生活は怠惰の一言で、以前の彼とはまるで別人のようだとか」

「そうだろうな」

腕を組み、ゼインの報告に頷く。

罪を犯したカノンを許せず、エミリオは彼女との婚約を破棄した。きっと自分なら、いくらでも次の婚約者が見つかる。そう確信していたからだろう。だが実際は違った。

誰も、彼に己の娘を差し出そうとはしなかったのだ。

公爵家の令息である彼に、だ。それは何故か。

彼が自分の都合で、簡単に婚約を破棄する男だと皆が知ったからである。

特にヴィオラがそうだ。彼女は何も悪いことをしていなかった。それなのに、大勢の前で彼女を貶め、婚約破棄を突きつけたのだ。完全に自分の都合だけで。

もし彼と婚約して、己の娘も同じ目に遭わされたら？　ふたり目の婚約者であったカノンは無実ではないが、元々、エミリオには平然と他人を責める傾向があった。それを思えば、皆が及び腰になるのも仕方ないことだろう。

結果として、彼に新たな婚約者はできなかった。それどころか、彼は皆に遠ざけられ始めたのだ。

「今の彼は腫れ物扱い。遠巻きにされています。プライドの高いエミリオにはそれが許せなかったのでしょうね。彼はいつだって人に囲まれ、ちやほやされてきましたから。自分の扱いに耐えきれなくなった彼は屋敷に引き籠もり、女性に溺れる生活。最近は金遣いも荒くなっていると聞きますから、自滅するのも遠い未来ではないでしょう」

「腫れ物扱いか。それは辛いな。オレにも経験があるから彼の気持ちはよく分かるぞ。実に気の毒なことだ」

大きく頷くと、じとっとした目でゼインに睨まれた。

「……よくおっしゃいますね」

「なんの話だ？」

「彼が皆に遠ざけられる要因となった方が何をおっしゃっているのかと言っているのです。確かに婚約のことがあり、敬遠されがちではありましたが、最初はそんなに酷いものではなかった。何せ彼は、腐っても公爵令息。次期公爵ですからね。擦り寄りたい者もまだまだ大勢いるでしょう。それがある時を境にあっという間に皆が彼から距離を取った。いっそ見事なぐらい一斉に。それは何故でしょうね」

棘のある言葉に微かに笑う。両手を組み、肘を突いた。

「オレは何もしていないぞ。ただオレは、『無実の人間を貶めるような者と付き合うとは気が知れない』と独り言を言っただけだ」

「皆が集まっている場所で、ですけどね。次期国王となることが内定しているあなたの言葉を聞いた者たちがどういう行動を取るのか、あなたは分かっていたはずでしょう？」

ゼインの視線を受け止める。今の自分が相当悪い顔をしているという自覚はあった。

「さあ？　オレの言葉をどう解釈するかは皆の自由だ。ただ、全員多少の心当たりはあるだろうからな。あそこに居た皆、一度はオレのヴィオラを嘲笑ったことがあるだろう。痛い腹を探られたわけだ。とても、痛い腹を。——知っているか？　そういう時に人間がどういう行動を取るか。何故か得てしてスケープゴートを作りたがるんだ。オレのことじゃない。言われているのはお前だ、となｏそのスケープゴートが誰になったのか……ちょうど皆から敬遠され始め、前科があったエミリオが選ばれたとしても、それはオレの責任ではない」

逆らえない人物の言葉を聞いた人々がどんな風に動くのか、それをオレは経験として知っている。義母がまだ王宮にいた頃、よく見た光景だったからだ。

「やっぱり全部分かった上でやっていらっしゃるんじゃないですか。……さすが殿下ですよね」

「ん？　どういう意味だ」

「褒めているんですよ。いやいや、性格が悪いな、と」

「今更だな。オレの性格がいいはずがないだろう」

ゼインの言葉に呆れる。

碌な半生を送っていないオレの性格が捻じ曲がっているのは仕方のないことだ。

常に皆から否定され続け、時にはいないものとして扱われ、育ってきた。

鬱屈とした日々を過ごし、負の感情をぶつけられ、嘲笑われて生きてきたオレが、真っ当な性格をしているはずがない。

たとえ王太子として認められるようになったからと言って、根本が変わるわけではないのだ。

というか、ヴィオラに褒められたいからこうして真面目に王太子業に取り組んでいるだけで、実際はこの地位になんの執着もない。オレを認めてくれなかった国なんてどうでもいい。それが本音だ。

全てはヴィオラのため。彼女に良い暮らしをさせたいから、彼女にすごいと思ってもらいたいから、王太子として今もこの席に座っているだけ。オレの動機なんてヴィオラしかないのだ。

「エミリオ・ピアズは自業自得で自滅する。それだけのことだ。オレは何も関係ない」

「……皮肉ですよね。好きに人を切り捨ててきた男が、今度は同じ目に遭うんですから。常に人の輪の中心にいたような人物が急に皆から遠巻きにされるようになって、プライドはガタガタでしょうね」

「ヴィオラを傷つけた奴のプライドなどどうでもいいな」

「確かに、それもそうですね」

オレの言葉に、ゼインも笑顔で同意する。

オレは確かに性格が捻じくれているが、この男も大概だと思うのはこんな時だ。

ゼインはオレのすることを否定しない。それは昔からずっとで、今もそうだ。

「……お前がいたから、オレはヴィオラに会うまで生きてこられたのかもしれないな」

ヴィオラと会ってからは、彼女こそがオレの生きる意味だが、この地獄の中でなんとか大人になることができたのは、幼い頃からゼインが側にいてくれたからだ。

彼のことだけは信じられたから、オレは人が全て悪いのだと思うことはなかった。ヴィオラを信じ、愛することができたのは、彼という前例があったからだ。

「今更だが、お前が居てくれて良かった。感謝している」

「……止めて下さい。別にそういうつもりであなたの側に居たわけじゃないんですから」

「そうか」

「そうですよ」

低く笑う。

本心から告げたのだが、ゼインには伝わらなかったようだ。まあそれならそれでいい。

「報告は以上か？」

「はい」

「なら、仕事の続きだ」

羽根ペンを手に取る。すでにエミリオのことは頭から消えていた。

近い未来自滅する男のことなど覚えているだけ無駄でしかないし、もちろんヴィオラに教える必要だってない。

彼女はオレの隣で幸せに笑っていれば、それでいいのだ。

あとがき

こんにちは、いつもありがとうございます。月神《つきがみ》サキです。

ティアラ文庫様では初の転生もの、楽しんでいただけましたでしょうか。（リセットと人生二回目は巻き戻しものなので）

知っている方は知っている、転生系や乙女ゲー系が大好きで自身でもよく書いている月神ですが、Rシーンありの悪役令嬢ものは初めてだったので、とても楽しかったです。楽しすぎて、ページ数がどんどん増えました。特に最後のアルバート視点。これは最初はなかったのですが（残りページの都合で）ものすごく入れたかったので、発売したら番外編として書いて、どこかに載せていただこうかなと考えていたくらいです。担当様が入れた方が良いのではとご提案下さったおかげで（読心術が使えるのかと本気で吃驚しました）、書籍に入ることとなりました。とても満足です。

今回の乙女ゲー転生ものは、本編ラストのシーンがネタとして最初にありました。まあこういうオチも良いよねと。

もしかしてと気づいた方もいらっしゃるでしょうが、笑っていただければ本望です。

今回のイラストレーター様は、漣《さざなみ》ミサ先生。

元々ファンだったこともあり、ワクワクしながらイラストを待っていました。

そしていただいたキャララフ。

アルバートがあまりにもイメージ通りすぎて絶叫し、ふたりの悪役っぽい表情が光るカバーイラストに心臓を打ち抜かれました。

え、何、尊いんですけどこのイラスト……。神？　神だったわ。知ってた。

漣先生、本当に素敵な二人をありがとうございました。

最後になりましたが、この作品に関わって下さった全ての皆様に感謝を込めて。

また次の作品でお会いできますように。

二〇二一年七月　月神サキ　拝

キャラクターラフ
アルバート・ウィロー

Illustration Gallery

キャラクターラフ
ヴィオラ・ウェッジソーン

カバーラフ別案 1

カバーラフ別案 2

カバーラフ

悪《あく》役《やく》令《れい》嬢《じょう》な私《わたし》と悪《あく》役《やく》王《おう》子《じ》な彼《かれ》が、極《ごく》甘《あま》ハッピーエンドを掴《つか》むまで

ティアラ文庫をお買いあげいただき、ありがとうございます。
この作品を読んでのご意見・ご感想をお待ちしております。

✦ ファンレターの宛先 ✦
〒102-0072　東京都千代田区飯田橋3-3-1
プランタン出版　ティアラ文庫編集部気付
月神サキ先生係／漣 ミサ先生係

ティアラ文庫&オパール文庫Webサイト『L'ecrin《レクラン》』
https://www.l-ecrin.jp/

著者――月神サキ（つきがみ さき）
挿絵――漣 ミサ（さざなみ みさ）
発行――プランタン出版
発売――フランス書院
〒102-0072　東京都千代田区飯田橋3-3-1
電話（営業）03-5226-5744
（編集）03-5226-5742
印刷――誠宏印刷
製本――若林製本工場

ISBN978-4-8296-6939-6 C0193

夫婦円満の秘訣は刺激的な×××♡

公爵アーロンと結婚したスフィア。夫とはずっとラブラブだけど「週に一度、刺激的なセックスをしよう」と倦怠期対策が提案されて！？

Tia6926

♥ 好評発売中! ♥